AF402062

LE PARNASSE ROYAL.

OV LES IMMORTELLES ACTIONS

DV TRES-CHRESTIEN
ET TRES-VICTORIEVX MONARQVE

LOVIS XIII.

font publiées

Par les plus celebres Efprits de ce temps.

A PARIS,

Chez Sebastien Cramoisy, Imprimeur ordinaire
du Roy, ruë S. Iacques, aux Cicognés.

M. DC. XXXV.

AVEC PRIVILEGE DV ROY.

AV ROY.

SIRE,

Lors que i'ay graué le nom de vostre Majesté sur le frontispice du liure
que ie luy presente, ie me suis imaginé
de voir sur le sommet de Parnasse vn
autre Hercule, couronné de lauriers,
& enuironné des Muses, qui se plai-
soient à luy chanter des hymnes, & d
celebrer la gloire de ses trauaux. Les

â iij

voſtres, Sire, qui ſont bien plus illu-
ſtres, & en plus grand nombre que ceux
de l'ancien Hercule, ne meritoient pas
de moindres loüanges que celles-cy, dont
il ſemble qu'Apollon luy-meſme ait
inſpiré toutes les penſees, & dicté toutes les paroles. En effet voſtre Majeſté
a plus dompté de Monſtres que ce Heros, & Iunon ne luy a iamais tant ſu-
ſcité d'ennemis que l'Europe en a veu
ſuccomber ſous voſtre Valeur. Et cer-
tainement, Sire, lors que l'on voudra
conſiderer les merueilles de voſtre vie,
on ſera contraint d'aduoüer, que pour
exciter dans les eſprits des hommes l'a-
mour de la Vertu, l'Antiquité n'a pas
ſceu feindre de plus belles choſes, que
vous en auez fait naiſtre de veritables.
Mais, Sire, ce n'eſt pas vne des moin-

dres felicitez de voſtre Regne que l'a-
greable diuerſité qui s'y rencontre de
tant de nobles & rares eſprits, pour
ſçauoir honnorer dignement la grandeur de vos actions, dont toute la terre eſt amoureuſe. De combien d'excel-
lans Princes la memoire ſeroit elle de-
meurée enſeuelie dans l'ignorance de
leurs ſiecles, ſi depuis les deux derniers
elle n'euſt eſté reſſuſcitée ; Et noſtre
Charlemaigne auec toutes ſes conqueſ-
tes & ſes victoires, n'eſt-il pas plus con-
nu dans les Romans & dans les Poëmes
que dans les Hiſtoires de ſon temps ?
Or, Sire, la gloire de voſtre Majeſté a
cet aduantage, qu'elle n'aura que faire
du ſecours de la Poſterité pour ſe rendre celebre. Elle eſt parfaite en toutes
ſes circonſtances ; Et ſans trop preſu-

mer de ces Ouurages & de leurs Ou-
uriers ; on peut dire que vous estes bien
esloigné de tomber dans le regret de ce
Conquerant ; qui s'est tousiours pleint
que les Escriuains manquoient à ses
continuelles victoires. Voicy les plus
renommez du siecle qui se presentent en
foule deuant vous. Ne dédaignez pas
leur zele ny le soin que i'ay pris de les
assembler, & tesmoignez, s'il vous
plaist, d'auoir agreable cette marque de
la passion que i'ay d'estre creu par
dessus tous,

    S I R E,

    De vostre Majesté,

Le tres-humble, tres-obeïssant, & tres-
fidelle sujet & seruiteur,

    BOISROBERT.

AV LECTEVR.

IL ne feruiroit de rien, Lecteur, de vous entreteniricy de ce que valent ces Vers, puis que leurs Autheurs ont affez de nom pour vous les faire eftimer. Lifez les feulement, & vous iugerez auffi-toft que ces pieces, qui vous font données en noftre langue, ne cedent en rien aux Panegyriques Latins que les Anciens ont confacrez à la memoire de leurs Princes. Auffi eft-ilvray que le noftre, qui fournit à nos meilleurs Efcriuains l'illuftre fujet de cét Ouurage, a bien d'autres qualitez que ces Heros des fiecles paffez, qui pour auoir fçeu l'art de regner ont rendu leurs Sceptres & leurs Couronnes inébranlables aux violences de la Fortune. Il poffede luy feul toutes les vertus qu'ils ont tous enfemble poffedées. Quelque prodigieufe qu'on fe figure leur valeur, elle n'eft que l'ombre de la fienne. Il fçait vaincre & triompher comme eux; & fi ce n'eft dans le Capitole, c'eft en tous les lieux où fon courage le porte, foit pour le bien de fes Peuples, foit pour la defenfe de fes Alliez. Sa Pieté a releué les Autels que des mains facrileges auoient abbatus; Sa Clemence luy a fait pardonner aux Coupables qui l'ont reclamée; Et la iuftice de fes Armes a fçeu mettre à la raifon ces temeraires Geants

ē

qui fe piquoient de n'en point auoir. S'eftant donc
ouuert vn fi beau chemin à l'Immortalité par fes a-
&ctions glorieufes , les Mufes ne feroient-elles point
criminelles de n'en parler pas ; Elles qui ont le bon-
heur de refpirer fi doucement fous la tranquillité de
fon Regne? C'eft donc à bon droit qu'elles s'eftudient
d'en inftruire la Renommée, & que de la folitaire demeure d'Apollon elles en font vne Cour & vn P ar-
n a s s e R o y a l, où d'vne voix harmonieufe &
charmante, elles fe plaifent à loüer hautement le Roy
le plus iufte & le plus victorieux de la terre.

I. B a v d o i n.

APOLLON.

APRES *auoir pris tant de villes,*
Malgré les plus grands Potentats,
Et banny loing de ses Estats
Toutes les reuoltes ciuiles;

LOVYS, cét Astre des Guerriers,
Plus craint que le Dieu de la Thrace,
Daigne venir sur le Parnasse
Mesler ses Lys à mes Lauriers.

I. BAVDOIN.

LE PARNASSE ROYAL.

ODE AV ROY.

DIVINES sources de la gloire,
Enchanteresses de nos sens,
Illustres filles de Memoire,
Delices des cœurs innocens,
Amour de mes ieunes années,
Belles Reynes des destinées,
Chastes Deesses que ie sers,
Muses venez sur nos riuages,
Pour rendre vos iustes hommages
Au plus grand Roy de l'Vniuers.

A

Race des Dieux, doctes Pucelles,
Vous ne verrez point dans sa Cour
Luire les flâmes criminelles
D'vn aueugle & volage amour;
Ses vertus en ont fait vn Temple,
Et bien que l'on vous y contemple
Brillantes de feux & d'attraits,
Vos beautez de tous desirées,
N'y seront pas moins asseurées,
Que dans vos plus sombres forests.

Tous les Roys ont vne Couronne,
Tous ne la sçauent pas porter,
Tous au pouuoir qu'elle leur donne
Ne sçauent pas bien resister;
Souuent leur grandeur les tourmente,
Le Sceptre dans leur main tremblante
Est souuent vn pesant fardeau:
Souuent leurs soins sont inutiles,
Et souuent pour leurs yeux debiles
Le Diadéme est vn bandeau.

LOVYS dont l'Vniuers admire
La Sagesse & la Pieté,
Ta puissance dans ton Empire
Est conduite par l'équité:
Le Sceptre dans ta main vaillante,
N'est point vne charge pesante,
Tes soins nous sauuent du trespas,
Tu ioüys tousiours de toy-mesme,
Et ton superbe Diadéme
Te pare, & ne t'aueugle pas.

Que dessous vne loy seuere
Tu sçais bien ranger tes desirs,
Et que ton cœur demeure austere
Parmy les plus chastes plaisirs !
La molle oysiueté t'offence,
La Volupté craint ta presence,
La Vertu luit dans tes regards :
Elle regle tes exercices,
Et tu ne trouues tes delices
Qu'en ceux de Diane & de Mars.

Quand pour le mal-heur de la terre,
On veit vn Demon furieux
De Henry, ce foudre de guerre,
Borner les ans victorieux,
Chacun se plaignit que la Parque
Soumist si tost ce grand Monarque
A la loy commune du Sort ;
Et pensa que le parricide
Du coup qui blessa nostre Alcide,
Auoit blessé la France à mort.

Mais tu nous fis bien-tost cognoistre,
Par des triomphes inoüys,
Que le Destin faisoit renaistre
Cent Alcides en vn Lovys :
Les Titans qui se souleuerent,
Par vn iuste coup éprouuerent
L'effort de ton bras valeureux :
Chacun adora ta puissance,
Et connut que l'obeïssance
Estoit l'art de se rendre heureux.

Alors que dans la fantaisie
D'vn peuple en sa foy chancelant,
L'aueugle & superbe Heresie
Ietta son venin violent;
Les Eumenides forcenées,
De leurs torches empoisonnées,
Vindrent les esprits enflammer,
Et Bellone pleine de rage,
Excita par tout vn orage
Que nos Roys ne pûrent calmer.

Dessus les riuages de Loire,
On veit ce Monstre audacieux
Attaquer sans crainte la gloire
De nos plus vaillans demy-Dieux;
En vain pour vanger leurs iniures
Ils luy firent mille blessures
Dans les plaines de Moncontour;
Il en guerit dans la Rochelle,
Et cette fameuse Rebelle
Fut son Arsenal & sa Cour.

Alors des Puissances suprémes
Le sainct respect en fut chassé:
On fit vanité des blasphemes,
Le vice fut recompensé;
Le Throsne & les Temples tomberent,
Les plus innocens succomberent
Souz vne iniuste authorité,
Le zele fut vne manie,
Et l'insolente Tyrannie
Y prit le nom de liberté.

Enfin ce monstre épouuentable
Brulant d'vne noire fureur,
Voulut d'vn effort detestable
Faire triompher son erreur :
Les fiers Peuples de la Tamise
Pour seconder son entreprise
Accoururent de toutes pars,
Et pleins d'vne vaine esperance,
Crurent que les Lys de la France
Couronneroient leurs Leopards.

Ta langueur en ceste auanture.
Où la mort s'offroit à nos yeux,
Estoit vn fauorable Augure
Pour les desseins des Factieux ;
Mais la santé te fut renduë,
La Reuolte toute esperduë
Laissa cheoir son triste flambeau,
Et dans ceste orgueilleuse Ville.
Dont elle faisoit son azyle,
Elle rencontra son tombeau.

Henry qui de sa renommée
Vid les Sarmates amoureux,
Et dont la grandeur opprimée
Meritoit vn sort plus heureux ;
Flatté du gain de deux batailles
Crût que bien tost sur ses murailles,
Il feroit les Lys refleurir :
Mais son attente fut trompée,
Dieu reseruoit à ton espée,
L'honneur de la faire perir.

A iiij

Toy seul as sceu ietter la foudre,
Dont les efforts plus que mortels
Reduisant ses rempars en poudre
Ont enfin vangé nos Autels;
La Discorde aux crins de viperes,
Qûi iadis estonna tes Peres,
Voit par toy son trouble finy,
Et par toy malgré son audace,
Le redoutable Dieu de Thrace
Est de nos Prouinces banny.

Que par vn miracle visible
Le Ciel seconda ton dessein!
Que d'vne constance inuincible
Il arma ton genereux sein!
L'Enfer qui d'vn Peuple infidelle
Soustenoit l'iniuste querelle
En vain s'esleua contre toy;
Et ne put auec ses Furies
Parmy tes troupes aguerries
Semer la reuolte & l'effroy.

Neptune qui d'vne parole
Appaise les flots courroucez,
Et par qui les sujets d'Eole
Dans leurs antres sont repoussez,
Sortit de ses grottes profondes
Dans ce beau char sous qui les ondes
Ont la fermeté du crystal;
Et vint luy-mesme auecque ioye
De ces mains qui bastirent Troye
Fermer son superbe canal.

Apres ce siege memorable
Qui combla tes armes d'honneur,
Dedans vn repos fauorable
Tu pouuois gouster ton bon-heur,
Mais si tost que Themis t'appelle
A quelque entreprise nouuelle,
Tu ne crains ny soins, ny dangers :
Tu vas reprimer l'insolence,
Et tu fais voir que ta vaillance
Est le salut des Estrangers.

Suze fut bien-tost emportée,
Tu vins, tu veis, tu fus vainqueur :
L'Espagne autresfois redoutée
A ton abord perdit le cœur ;
Ainsi le Prince dont l'Eglise
Receut autresfois sa franchise,
Forcea ces orgueilleux rempars,
Quand par vne iuste vengeance,
Contre le perfide Maxence
Il déploya ses estendars.

L'Eridan crut lors que ses riues
Par vn changement glorieux,
Se verroient pour iamais captiues
Souz ton pouuoir victorieux ;
Milan iadis si redoutable
Vid de sa perte ineuitable,
Les tristes presages dans l'air :
Mais au lieu de le mettre en poudre,
Pour luy faire craindre la foudre,
Tu ne luy fis voir que l'éclair.

Ce fameux Heros dont les larmes
Pûrent à peine se tarir
Alors qu'il apprit que ses armes
N'auoient qu'vn Monde à conquerir;
Alexandre, de qui les Perses
En tant de rencontres diuerses,
Sentirent le bras indompté,
Eust apres de longues tempestes
Ioüy du fruict de ses conquestes,
S'il eust vaincu sa vanité.

Tu sçais ioüyr de ta victoire,
Et la iuste Posterité
N'accusera point ta memoire
D'orgueil, ny de temerité :
Tousiours la raison te modere,
Tu commandes à la colere,
Tu resistes à la douleur ;
Et quelque dessein qui te flate,
Tu veux que ta Iustice éclate
Auant que monstrer ta valeur.

Docte & genereuse Italie,
Feconde nourrice des Ars,
Beau seiour, où la Muse allie
Ses lauriers aux lauriers de Mars ;
Pignerol maintenant t'asseure
Contre cét Ennemy pariure
Dont tu sentis la cruauté :
C'est l'écueil de son arrogance,
C'est le tombeau de sa puissance,
Et l'autel de ta liberté.

Mais

Mais sans commettre vne iniustice,
Puis-je bien parlant de ce lieu,
Où le Ciel nous fut si propice,
Ne parler pas de RICHELIEV?
Là cét Heros incomparable,
Qui souz vn Prince inimitable,
Fait des miracles auiourd'huy,
Força les Alpes estonnées
D'auoüer que leurs Salmonées
Trouuoient leur Iupiter en luy.

LOVYS, *permets moy de le dire,*
Tu receus vn grand don des Cieux,
Lors qu'ils te donnerent l'Empire
Qu'auoient possedé tes Ayeux;
Mais c'est vne grace plus rare
D'auoir auiourd'huy pour ton Phare
Vn RICHELIEV *dans tes Estats;*
Ses conseils te donnent le tiltre
D'Appuy, de Vangeur, & d'Arbitre
Des Peuples, & des Potentats.

Ce n'est pas te faire vn outrage
Que de ioindre son nom au tien,
On n'obscurcit pas ton courage,
Lors qu'on fait éclater le sien;
On peut dire que ses espaules
T'aydent à soustenir les Gaules,
Sans qu'on t'accuse d'estre las:
Rien n'est si lourd qu'vn Diadesme,
Et nous sçauons que le Ciel mesme
Eut besoin d'Hercule & d'Atlas.

B

On ne peut luy porter enuie
Sans hayr ta prosperité,
On ne peut condamner sa vie
Sans blesser ton authorité :
Faire vn iniurieux meslange
De son blasme & de ta loüange,
C'est noircir ton nom immortel,
Et par vn detestable crime
Feindre d'offrir vne Victime
Au Dieu dont on brize l'Autel.

Quelle ruze le peut surprendre?
Sous quels maux est-il abbatu?
Quel ennemy se peut defendre
D'aymer sa diuine vertu?
La France à ses mains secourables
Des maux qu'on iugeoit incurables
Doit-elle pas la guerison?
Et ses exploits font-ils pas croire,
Que la Fortune & la Victoire
Sont esclaues de la raison?

N'est-il pas ton Ange visible?
Et par vn bon-heur nompareil,
Est-il pour toy rien d'impossible,
Alors que tu suis son conseil?
Ne t'inspira-t'il pas dans l'ame
Le dessein d'étouffer la flâme
De l'aueugle Rebellion?
Et fut-il pas dans cette attaque,
Ce que fut le Prince d'Itaque,
Au fameux siege d'Ilion?

Quel autre au milieu de l'orage
Qu'excita le Demon du Nort,
Eust auec le mesme aduantage
Conduit son vaisseau dans le port?
Les vents auoient rompu ses voiles,
On ne voyoit dans les estoiles,
Que des presages mal-heureux,
Et la mer d'ennemis couuerte,
Cherchoit de la gloire en la perte
D'vn Pilote si genereux.

Dans ces entreprises illustres,
Où ton Sceptre fut adoré
De ceux qui depuis tant de lustres
Auoient son pouuoir ignoré;
Il ne craignit point la tempeste
Dont le Ciel menaçoit sa teste
Au milieu des Peuples mutins:
Tout fut facile à sa prudence,
Et sa longue perseuerance
Malgré nous fit nos bons destins.

Quand la fatale messagere
Des plus tragiques accidens,
Paroist dessus nostre hemisphere
Auec ses longs cheueux ardens,
Chacun la contemple, & s'estonne
Qu'aux feux dont la nuit se couronne
Son éclat se monstre pareil:
Mais on voit mourir sa lumiere,
Peu de iours bornent sa carriere,
Et son couchant est sans réueil.

Tel voit-on le Destin funeste
Des Ministres ambitieux,
Que souuent le courroux celeste
Donne aux Monarques vitieux :
Leurs paroles sont des oracles
Tandis que par de faux miracles
Ils tiennent leur siecle enchanté ;
Mais leur gloire tombe par terre,
Et comme elle a l'éclat du verre,
Elle en a la fragilité.

RICHELIEV *dans son innocence*
Ne doit pas craindre vn mesme sort,
Son pouuoir est sans violence,
Il n'est pas moins sage que fort,
Le Ciel fait ce qu'il te conseille,
Iamais son esprit ne sommeille
Dans l'assistance qu'il te rend,
Et par vn amour sans exemple
Il veut au milieu de ton Temple
Se consumer en t'esclairant.

C'est par ses conseils salutaires
Que tu dissipes les proiets
De tes ennemis temeraires,
Et de tes perfides sujets,
Sans eux la Fortune publique
Dans nostre trouble domestique
Eust esté le ioüet des flots,
Lors que sans crainte de la Parque
On veit contre leur propre barque
Se mutiner les Mattelots.

ROYAL.

Enfin terminer nos miseres
Par les delices de la Paix,
Vanger les pertes de nos Peres,
Agir sans se lasser iamais,
De monstres purger sa Prouince,
S'oublier pour seruir son Prince,
Estre tousiours fidelle à Dieu,
Rendre le plaisir pour l'iniure,
Sont miracles que la Nature
N'a veu faire qu'à RICHELIEV.

Qu'il poursuiue son entreprise,
Sans redouter ses enuieux,
Celuy que ton cœur fauorise,
Ne peut estre hay des Cieux;
Doit-il s'estonner qu'on murmure,
Et que de sa Vertu si pure
On face mille faux crayons,
Le Soleil en sortant de l'onde,
Ne peut au gré de tout le monde
Dispenser l'or de ses rayons.

LOVYS *c'est assez que tu sçaches*
Que rien n'est si pur que sa foy,
Que se vertus n'ont point de taches,
Et qu'il ne regarde que toy;
Ayme-le doncques sans mesure,
Ton amour est la seule vsure
Qu'il espere de ses trauaux,
Et la vengeance la plus grande
Qu'auec iustice il te demande
Des outrages de ses Riuaux.

GODEAV.

LA FORTVNE,
AV ROY.

SONNET.

IE t'appreſte LOVIS l'Empire de la terre,
Je ſuis Reyne de tout, ie te veux pour mon Roy;
Ie te garde en la paix, ie te garde en la guerre,
Et ie n'aimay iamais ton Pere plus que toy.

Va par tout, ne crains rien, eſpere tout de moy,
Ton bras ſe fera craindre autant que le tonnerre,
Et l'orgueil qui voudra s'oppoſer à ta loy
Se verra ſous tes pieds briſé comme du verre.

Au trauers du bandeau qui me couure les yeux
I'ay veu tout l'Vniuers, i'ay veu tous tes Ayeux,
Et n'ay rien veu d'égal à ton merite extréme;

Mais tenant deſſous moy tout le monde abatu,
Te le dois-ie donner, puiſque tant plus ie t'ayme,
Et tant plus tu me fuis pour ſuiure la Vertu?

DE L'ESTOILLE.

AV ROY.

ODE.

GRAND Roy que la France a veu naiſtre
Pour acheuer de la guerir,
Et que la Terre aura pour maiſtre
Quand tu la voudras conquerir;
Reçoy de bon œil en hommage,
Ces vers où ie peins ton image
D'vn crayon ſi vif & ſi beau,
Que le pourtrait du plus grand homme,
Qu'ait mis au iour la vieille Rome
N'égalera point ce Tableau.

En vne ſi haute entrepriſe,
Quelque feu qui bruſle en mon cœur,
Ma muſe ſe treuue ſurpriſe,
Et perd ſa premiere vigueur:
Apres les offres eſclattantes
Que t'ont fait des mains ſi ſçauantes
A ſauuer les noms du cercueil,
Faut-il pas que ie me prepare
A ſouffrir la peine d'Icare,
Puiſque i'en imite l'orgueil?

Il n'importe, quoy qu'il arriue,
Ie cours où m'appelle le Sort,
Ma nef s'esloigne de la riue,
Ie ne voy desia plus le port :
Et pourueu que dans cette course,
Ton œil me veüille seruir d'Ourse
Aux perils que ie vay tenter,
Ces flots fameux par les naufrages
N'ont point de si rudes orages
Que mon Art ne puisse domter.

Quand cét Auorton de l'Enuie
Par vn execrable attentat
Du grand Henry borna la vie
Si salutaire à cét Estat ;
Ces fiers voisins par leurs pratiques
De nos querelles domestiques
Ayant rallumé le flambeau,
Conceuoient desia l'Esperance
De voir la gloire de la France
Pour iamais enclose au tombeau.

Lors qu'en tes plus tendres années
Tu t'assis au throsne des Roys,
On vit des ames forcenées
Secouër le ioug de tes loix :
Mais ton bras n'eut pas pris la foudre
Qui les alloit reduire en poudre
Sous la pesanteur de ses coups,
Qu'il contraignit leur insolence
De recourir à ta Clemence,
De peur d'esprouuer ton courrous.

Ces

Ces mutins par leur felonnie
Sortoient souuent de leur deuoir,
Quand ton heur forçoit leur manie
De fléchir dessous ton pouuoir :
Alors on vid mesmes les Princes
Emouuoir dedans tes Prouinces
Vn trouble à nul autre pareil ;
Tout trembloit deuant leur puissance,
Lors que par ta seule presence
Tu rompis ce grand appareil.

De mesme l'on void vn orage,
Qui s'éleue auecque fureur
Menacer les champs de rauage,
Et remplir les cœurs de terreur ;
Il semble declarer la guerre
Au Ciel aussi bien qu'à la terre
Joignant le tonnerre à l'éclair :
Mais le Soleil à sa venuë
N'a pas plustost percé la nuë
Qu'il cede & se perd dedans l'air.

L'Esté de ses chaleurs brûlantes
Cent fois redora les moissons,
Et l'Hyuer ennemy des plantes
Cent fois les couurit de glaçons.
Depuis que l'aueugle Heresie
Nourrissoit vne frenaisie
Fatale au repos des Estats,
Et qu'vne engeance de Viperes
Combattoit la foy de nos Peres,
Et le pouuoir des Potentats.

Ceste Hydre, du sang de nos veines
Estanchoit sa soif châque iour,
Sa rage en fit rougir les plaines
De Iarnac & de Moncontour;
Et nostre brutale furie
Auecque tant de barbarie
Employa la flamme & le fer,
Que dans la discorde ciuile
La France en miseres fertile
Deuint l'image de l'Enfer.

Ce Serpent, apres ces batailles
Qui ne firent que l'irriter,
Se glissa dedans nos entrailles,
Tandis qu'on pensoit le flater:
Et des Titans de ceste race
Si celebre par son audace
Eleuoient des Forts iusqu'aux Cieux,
Quand ils sentirent le supplice
De ceux dont la fiere malice
Attaqua le Throsne des Dieux.

LOVYS la gloire des Monarques,
Que le zele & la Pieté
Rendent par tant d'illustres marques
Digne de l'immortalité;
Ta main puissante à qui tout cede,
Appliqua l'vtile remede,
Qui seul nous pouuoit secourir;
Et tes entreprises hardies
Mirent fin à des maladies
Que nul autre n'eust sceu guerir.

Alcide, quelque force extrême
Qui rende son nom fleurissant,
En vn siecle eust-il pû luy-même
Destruire vn Party si puissant?
Cependant en moins de deux lustres
Ton bras, dont les exploicts illustres
Te font adorer des mortels,
A rendu leurs villes desertes,
Et vangé de toutes ses pertes
L'honneur des Loix & des Autels.

Enfin malgré tous les obstacles
Cét Azile des Criminels,
A qui la voix des faux Oracles
Promettoit des iours eternels;
Enfin la fameuse Rebelle
Ceste imperieuse Rochelle,
A succombé sous son malheur;
Ta foudre l'a reduite en cendre,
Et ses murs n'ont pû se defendre
De tomber dessous ta Valeur.

Afin d'arrester le tonnerre
Par qui son orgueil t'est soumis,
En vain elle vid l'Angleterre
Nous opposer tant d'ennemis;
Ceux dont elle fit plus de conte
Desia chassez auecque honte
De l'Isle qu'ils pensoient forcer,
Sans sçauoir à quoy se resoudre
Par les vains esclats de leur foudre
Ne firent que nous menacer.

D'vne émerueillable ſtructure
Combler l'Ocean de rochers,
Mettre dans des fers la Nature,
Et fermer les ports aux Nochers ;
Par ta vaillance & ta fortune
Monter au throſne de Neptune,
Luy rauir le ſceptre des mains,
Aſſuiettir la terre & l'onde,
Changer meſme l'ordre du monde
Sont-ce pas des coups plus qu'humains ?

    A peine vne Palme ſi belle
T'auoit enuironné le front,
Lors que ta Iuſtice t'appelle
A vanger vn fameux affront ;
Tu vis au renom de tes armes
L'Italie auecque des larmes
A tes pieds chercher du ſecours,
Et ſolliciter ton courage
De la garantir du ſeruage
Qui menaçoit ſes triſtes iours.

    L'Eſpagne dont la tyrannie
Fait des entrepriſes par tout,
Et de qui l'orgueilleux Genie
Taſche en vain d'en venir à bout ;
Croyoit que l'Eridan eſclaue
Verroit les Prouinces qu'il laue
D'elle ſeule prendre la loy,
Et que les Nymphes de ſes riues
Suiuroient en habit de Captiues
Le char triomphant de ſon Roy.

Cét Orgueil qui n'a point de bornes
A peine te vid approcher,
Qu'aussi-tost il baissa les cornes
Que ton bras luy doit arracher :
On vid sous vn autre Persée
Cette insolence terracée
D'vn coup qui s'est fait admirer ;
Et ta valeur fut le remede
Qui sauua la belle Andromede
Que ce monstre alloit deuorer.

   Les Alpes, à qui ta Victoire
Promet vn repos pour iamais,
Rendirent hommage à ta gloire
Courbant deuant toy leurs sommets ;
Et ce superbe Roy des fleuues
Te donna d'infallibles preuues
D'vne entiere fidelité,
Quand il vid sa peur dissipée,
Et sceut que de ta seule espée
Son onde auoit sa liberté.

   Ainsi l'immortelle loüange
Que meritent tes faicts guerriers,
Sur les bords du Tage & du Gange,
Fera reuerer tes Lauriers :
Ainsi les Peuples & les Princes,
Dont tu conserues les Prouinces,
Beniront sans cesse ta Main,
Qui sçait arrester la Licence,
Lors qu'elle opprime l'Innocence
Dessous son pouuoir inhumain.

C iij

Poursuy Grand ROY ces grands ouurages,
Ainsi qu'on t'a veu commencer,
Esloigne de nous les orages
Qu'on esmeut pour nous offencer :
Conduy si bien nostre Nauire,
Que le bon-heur de ton Empire
Passe l'espoir des Matelots,
Et fay nous voir vne bonace,
Qui ne craigne aucune menace
Des escueils, des vents ny des flots.

PORCHERES D'ARBAVD.

A V   R O Y.

EPIGRAMME.

ENFIN mon Roy comblé de Gloire,
Contraint l'Estranger & François
D'auoüer que de tous les Roys
Nul n'a gagné tant de Victoire.

Auons nous pas veu qu'en dix mois
Il a dans Ré deffait l'Anglois,
Pris la Rochelle, emporté Suze,
Sauué Cazal, destruit Priuas,
Reduit Alletz, & prés d'Anduze
Donné la Paix à ses Estats ?

CHANSON AV ROY.

APRES LA PRISE DE LA ROCHELLE.

Monarque triomphant,
Qui l'orgueil des Mutins pour iamais estoufant
Rendez toutes choses si calmes,
Apres vos Lauriers & vos Palmes,
Arbitre des mortels
Vous aurez des Autels.

Quels peuples glorieux
Ne craindront desormais ce bras victorieux,
Qui d'vn coup abat tant de testes?
Apres de si grandes conquestes
Arbitre, &c.

Accordez tous les Roys,
Faites la Paix par tout, donnez par tout des Loys :
Viuez sur la terre & sur l'onde
Le plus absolu ROY *du monde,*
Arbitre des mortels
Digne de mille Autels.

BOISROBERT.

ODE
AV ROY.
SVR L'HEVREVX SVCCEZ
de son voyage en Languedoc.

*O*VVRONS *nos ames à la ioye*
   Apres de si longs déplaisirs ,
Les biens que le Ciel nous enuoye
Montent plus haut que nos desirs ;
Lovis, d'vn seul coup de tonnerre
A fait mordre auiourd'huy la terre
A nos ennemis intestins ,
Et priué de toute esperance
Ceux qui disoient que les Destins
Se lasseroient d'aymer la France.

   Vn excés d'aise me transporte
Que mortel n'a iamais cognu ;
La guerre domestique est morte ,
Et le bon siecle est reuenu :
Toutes nos craintes sont passées ,
Nous n'aurons plus dans nos pensées ,
L'obiet des fers , & des prisons ,
Et Mars noir de sang & de crimes ,
Ne soumettra plus nos maisons
A des maistres illegitimes.

Nos

Nos laboureurs sous les faucilles
Entre les ris, & les chansons
De leurs innocentes familles
Feront tomber l'or des moissons;
L'Ange qui nous est fauorable
Nous donne vn calme si durable
Qu'on n'en verra iamais le bout,
Et deuant trois fois deux années
Mon Roy sera nommé par tout,
Le Roy des Terres fortunées.

La Paix vient du Ciel pour nous rendre
Nos premieres felicitez :
Auec elle ie voy descendre
Les Dieux qui nous auoient quittez;
Ce que ie lis sur son visage
M'est vn asseuré tesmoignage
Que nos maux sont enseuelis,
Et que la frayeur des allarmes,
Dans l'Empire des Fleurs-de-lys
Ne fera plus verser des larmes.

O que ses beautez sont naïues,
Que son abord est gracieux,
Et que sa couronne d'Oliues
Est d'vn verd qui plaist à mes yeux !
Que ie la contemple à mon aise,
Que ie l'admire, & que ie baise
Les belles marques de ses pas :
Iamais elle ne s'est monstrée
Auec tant de lustre, & d'appas,
Aux peuples de cette contrée.

D

Quoy que medite , & quoy que face
Noſtre capital Ennemy,
Il ne peut troubler la bonace
D'vn Eſtat ſi bien affermy;
S'il ne termine ſes menées,
Il ſçaura que les Pyrenées
Ne luy ſont qu'vn foible rempart;
Qu'il penſe à garder ſes Prouinces,
L'Eſcurial court le hazart
D'eſtre vn des Palais de nos Princes.

Son Empire s'en va décroiſtre,
Et ſur le front de ſes Guerriers
On ne void maintenant paroiſtre
Qu'vn petit bout de vieux Lauriers.
Sa fraude ne tend plus de pieges,
Il ne fait ny combats , ny ſieges,
Dont il ne pleure le ſuccés,
Et ſa raiſun eſt imparfaite,
S'il ne croit tomber dans l'excés
De tous les maux qu'il nous ſouhaite.

Vn tel deſordre l'enuelope,
Que les puiſſans flambeaux du Ciel
Touchés des plaintes de l'Europe,
N'ayment qu'à luy verſer du fiel.
La Fortune deſabuſée,
Se repent de s'eſtre amuſée
Si conſtamment auprés de luy;
Et cette belle Vagabonde
Le quitte pour ſuiure auiourd'huy
Le plus vaillant Prince du monde.

Elle a donné sa bienueillance
A l'adorable Demy-dieu,
Qui fait prosperer sa vaillance
Par les conseils de RICHELIEV:
Son premier soin est que l'on voye
Qu'elle l'embrasse, & luy déploye
Toute sa liberalité:
Vne ardeur si iudicieuse
Luy fait perdre la qualité
D'aueugle & de capricieuse.

Ceux qui voudroient que cét Empire
N'eust pas d'eternels fondemens,
Et qui n'ayment qu'à nous predire
De tragiques euenemens:
Disent pour contenter leur rage,
Que cette Deité volage
Ne fait que de courtes amours;
Et que l'inconstance des choses
Ne permet pas qu'on soit tousiours
Couché mollement sur des roses.

Il est vray, tout change de place,
Les ris nous ameinent les pleurs:
Et la terre porte la glace
Apres auoir porté les fleurs:
Il n'est plaisir qui ne s'enfuye,
Comme vn torrent à qui la pluye
Donne de la rapidité;
Mais se peut-il sans iniustice,
Que l'heur où mon Prince est monté
Soit menacé du precipice?

Les autheurs de nos deſtinées
Seroient blâmez ouuertement
De toutes les Ames bien nées,
S'ils troubloient ſon contentement :
Et quoy, n'eſt-il pas manifeſte,
Qu'il faut que leur bonté celeſte
Touſiours luy ſerue de ſouſtien ?
Il les reuere, il les imite,
Et la Fortune a moins de bien
Qu'elle n'en doit à ſon merite.

Il a touſiours banny les vices,
Et publiquement condamné
Les Roys qui cherchent les delices
Dans un repos effeminé :
Sa vertu ſe monſtre ſi pure,
Que l'enfance de la Nature
N'a iamais rien veu de plus net ;
Et ſon gouſt trouue moins de charmes
Aux Muſiques dů Cabinet,
Qu'au bruit des tambours & des armes.

RICHELIEV, ce rare Monarque
T'eſtime ſans comparaiſon,
Et c'eſt la veritable marque
De la force de ſa raiſon ;
Tes conſeils ont mis ſa Couronne
Dans le bon-heur dont elle eſtonne
Les plus orgueilleux Potentats,
Et tes grands deſſeins le vont faire
Arbitre de tous les Eſtats
De l'un & de l'autre Hemiſphere.

Plus tu le fers, plus il admire
La puiffante dexterité
Dont tu gouuernes fon Nauire:
Quand l'Ocean eft agité,
Sur des vagues, où Thetis même
Trembla de peur, & deuint blême,
Tu nous as ramenez au port,
Sans que le plus nuifible outrage
Des vents qui nous grondoient fi fort,
Nous ait rompu maft, ny cordage.

Que la France eft bien affiftée
Des clartez de ton iugement!
Sans ta conduite on l'eût portée
Dans vn funefte changement;
Quand nos haynes enracinées
Troubloient tellement nos iournées,
Qu'elles n'auoient rien de ferain,
Ie ne fçay que fût deuenuë
La puiffance du Souuerain,
Si ta main ne l'euft fouftenuë.

Au poinct heureux que ta prudence
Accourut à noftre fecours,
L'Eftat craignoit fa decadence,
Et tous les Dieux nous eftoient fours:
Nos villes fe faifoient la guerre,
Les fiers Leopards d'Angleterre
Menaçoient de nous déchirer,
Et le fang qui remplit nos veines
Ne fembloit-il pas defirer
De rougir l'herbe de nos plaines?

    Ces Ialous de qui les malices
Taschent de raualler ton prix,
Choquent dans tous leurs artifices
Le sentiment des bons esprits :
Malgré leurs rages les plus fortes,
Le glorieux Nom que tu portes
Se rend digne d'estre adoré :
Tu montres aux pouuoirs suprémes
Cét art si long-temps ignoré,
Qui fait fleurir les Diadémes.

    Il faut souffrir la calomnie,
Dont ton merite est combatu :
Tu ne peux calmer sa manie,
Si tu ne quittes la Vertu :
Tant que le Mars que tu conseilles
Voudra que tes penibles veilles
Eleuent son authorité,
Tes lumieres surnaturelles,
Et ta grande fidelité
Te feront souuent des querelles.

    Mais toute l'épaisse fumée
Qui se leue pour effacer
Le lustre de ta renommé
Se dissipe sans l'offencer :
Et la verité de l'Histoire,
Qui perce l'ombre la plus noire,
Te va dresser vn monument,
Où la Posterité rauie,
Te verra vangé pleinement
Des impostures de l'Enuie.

De moy bien que ie doiue craindre
Qu'on m'accuse de vanité,
Ie passe mes iours à te peindre
Sur l'airain de l'Eternité :
L'image que ie te prepare
Sera d'vne beauté si rare,
Et pleine de traicts si nouueaux,
Que iamais la vieille Italie
N'a veu produire à ses pinceaux
Vne peinture mieux polie.

Vn labeur si digne d'estime,
Brauera les ans & la mort,
Et le Dieu méme qui m'anime
Sera rauy de mon effort :
Par moy les filles de Memoire
Veulent empescher que ta gloire
Ne descende sous le tombeau ;
L'Art de mon pinceau les estonne,
Et leur Temple auiourd'huy n'est beau
Que des portraits que ie luy donne.

MAYNARD.

AV ROY, ESTANT AV BAS LANGVEDOC.

*E*N *terminant icy vostre tour glorieux,*
De mille obstacles forts trouuez en mille lieux
Pas vn n'a retardé vostre illustre conqueste ;
Ainsi l'Astre du iour void des Monstres diuers
Dedans son Zodiaque, & pas vn ne l'arreste,
Faisant pour nostre bien le tour de l'Vniuers.

BOIS-ROBERT.

SVR LA NAISSANCE
DE NOSTRE SEIGNEVR,

STANCES
AV ROY.

Q*VE d'vn tranſport de ioye en cette heureuſe nuit*
  Noſtre ame ſoit rauie,
Puis qu'vne belle fleur nous donne le beau fruit
  De l'eternelle vie.

Mais helas! cét Enfant eſproüe ſans raiſon
  Vn froid inſupportable,
Et luy qui du Soleil auoit fait ſa maiſon
  Loge dans vne eſtable.

Il veut par la douleur dont il eſt tourmenté
  Que la noſtre finiſſe,
Et ce que nous deuons, auiourd'huy ſa bonté
  Le paye à ſa Iuſtice.

Belle porte du Ciel d'où ſort ce beau Soleil,
  O Vierge ſans ſeconde,
Deuiez-vous accoucher en ſi triſte appareil
  Du Monarque du monde?

Faut

Faut-il enuelopper l'éternelle Grandeur
    Auec ces petits langes,
Et vestir de lambeaux Celuy qui de splendeur
    A reuestu les Anges?

Mais vous estes encor sur le poinct d'esprouuer
    La rage de l'Enuie;
Herode vous poursuit, & s'il vous peut trouuer
    C'est faict de vostre vie.

Il lancera sur vous les traicts les plus puissans
    De sa malice noire,
Et le traistre escrira du sang des Innocens
    Son effroyable Histoire.

Fuyez donc ce Tyran, dont l'orgueilleux courroux
    Ne respecte personne,
Et regardez mon ROY qui vous offre à genoux
    Son Sceptre & sa Couronne.

Il tasche d'enflammer du feu de vostre amour
    Toute la terre & l'onde,
Et s'abaisse à vos pieds, pour s'éleuer vn iour
    Sur tous les Roys du monde.

Par luy vos ennemis trouuerent leurs tombeaux
    Sous les murs de leurs Villes;
Et leur sang esteignit les funestes flambeaux
    De nos guerres ciuiles.

E

Mais quoy que sa valeur si redoutable à tous
    Ait mis bas tant de testes,
Ce grand Prince pourtant ne rend graces qu'à vous
    De toutes ses conquestes.

Gardez ce grand support de la gloire de Dieu,
    Soit en paix, soit en guerre,
Et logez dans son cœur, vous serez dans vn lieu
    Le plus sainct de la terre.

A vostre Fils naissant choisissez pour berceau
    Ce cœur qui vous adore;
A vostre Fils mourant choisissez pour tombeau
    Ce mesme cœur encore.

DE L'ESTOILLE.

POVR LE ROY

ALLANT CHASTIER LA REBELLION
des Rochellois, & chasser les Anglois, qui
en leur faueur estoient descendus
en l'Isle de Ré.

ODE.

DONC, vn nouueau labeur à tes armes s'appreste :
Pren ta foudre LOVYS, & va comme vn Lion
Donner le dernier coup à la derniere teste
De la Rebellion.

Fay choir en sacrifice au Demon de la France
Les fronts trop esleuez de ces ames d'Enfer :
Et n'espargne contre eux pour nostre deliurance
Ny le feu ny le fer.

Assez de leurs complots l'infidelle malice
A nourry le desordre & la sedition ;
Quitte le nom de IVSTE, ou fay voir ta Iustice
En leur punition.

Le centiesme Decembre a les plaines ternies,
Et le centiesme Auril les a peintes de fleurs :
Depuis que parmy nous leurs brutales manies
Ne causent que des pleurs.

E ij

Dans toutes les fureurs des siecles de tes Peres
Les monstres les plus noirs firent-ils iamais rien,
Que l'inhumanité de ces cœurs de viperes
Ne renouuelle au tien?

Par qui sont auiourd'huy tant de villes desertes ?
Tant de grands bastimens en mazures changez ?
Et de tant de chardons les campagnes couuertes
Que par ces Enragez ?

Les Sceptres deuant eux n'ont point de priuileges :
Les Immortels eux-mesme en sont persecutez :
Et c'est aux plus saincts lieux que leurs mains sacrileges
Font plus d'impietez.

Marche, va les destruire : esteins-en la semence :
Et suy iusqu'à leur fin ton courroux genereux,
Sans iamais escouter ny pitié ny clemence
Qui te parle pour eux.

Ils ont beau vers le Ciel leurs murailles accroistre :
Beau d'vn soin assidu trauailler à leurs Forts :
Et creuzer leurs fossez, iusqu'à faire paroistre
Le iour entre les morts.

Laisse les esperer, laisse les entreprendre :
Il suffit que ta cause est la cause de DIEV :
Et qu'auecque ton bras elle a pour la defendre
Les soings de RICHELIEV.

RICHELIEV, ce Prelat de qui toute l'enuie
Est de voir ta Grandeur aux Indes se borner :
Et qui visiblement ne fait cas de sa vie
Que pour te la donner.

Rien que ton interest n'occupe sa pensée :
Nuls diuertissemens ne l'appellent ailleurs :
Et de quelques bons yeux qu'on ait vanté Lyncée,
Il en a de meilleurs.

Son ame toute grande est vne ame hardie,
Qui pratique si bien l'art de nous secourir,
Que pouruen qu'il soit creu, nous n'auons maladie
Qu'il ne sçache guerir.

Le Ciel qui doit le bien selon qu'on le merite,
Si de ce grand Oracle il ne t'eust assisté,
Par vn autre present n'eust iamais esté quitte
Enuers ta pieté.

Va, ne differe plus tes bonnes Destinées :
Mon Apollon t'asseure, & t'engage sa foy,
Qu'employant ce Tiphys, Syrtes & Cyanées
Seront havres pour toy.

Certes, ou ie me trompe, ou desia la Victoire,
Qui son plus grand honneur de tes Palmes attent,
Est aux bords de Charante en son habit de gloire,
Pour te rendre content.

Ie la voy qui t'appelle , & qui semble te dire ;
R o y le plus grand des Roys , & qui més le plus cher,
Si tu veux que ie t'aide à sauuer ton Empire,
Il est temps de marcher.

Que sa façon est braue , & sa mine asseurée !
Qu'elle a faict richement son armure estoffer !
Et qu'il se connoist bien à la voir si parée
Que tu vas triompher !

Telle en ce grand assaut , où des fils de la Terre
La rage ambitieuse à leur honte parut,
Elle sauua le Ciel , & rua le tonnerre
Dont Briare mourut.

Desia de tous costez s'auançoient les approches :
Icy couroit Mimas , là Typhon se battoit ;
Et là suoït Euryte à détacher les roches
Qu'Encelade iettoit.

A peine cette Vierge eut l'affaire embraßée ,
Qu'auffi tost Iupiter en son Trosne remis,
Vid selon son desir la tempeste ceßée ,
Et n'eut plus d'ennemis.

Ces Coloffes d'orgueil furent tous mis en poudre,
Et tous couuerts des monts qu'ils auoient arrachez :
Phlegre qui les receut , pût encore la foudre
Dont ils furent touchez.

L'exemple de leur race à iamais abolie
Deuoit sous ta mercy tes Rebelles ployer :
Mais seroit-ce raison qu'vne mesme folie
N'eust pas mesme loyer ?

Desia l'estonnement leur fait la couleur blesme :
Et ce lasche Voisin qu'ils sont allé querir,
Miserable qu'il est, se condamne luy-mesme
A fuyr ou mourir.

Sa faute le remord, Megere le regarde,
Et luy porte l'esprit à ce vray sentiment,
Que d'vne iniuste offense il aura, quoy qu'il tarde,
Le iuste chastiment.

Bien semble estre la mer vne barre assez forte
Pour nous oster l'espoir qu'il puisse estre battu :
Mais est-il rien de clos dont ne t'ouure la porte
Ton heur & ta vertu ?

Neptune importuné de ses voiles infames,
Comme tu parestras au passage des flots,
Voudra que ses Tritons mettent la main aux rames,
Et soient tes matelots.

Là rendront tes Guerriers tant de sortes de preuues,
Et d'vne telle ardeur pousseront tes efforts,
Que le sang estranger fera monter nos fleuues
Au dessus de leurs bords.

Par cét exploict fatal en tous lieux va renaiſtre
La bonne opinion des courages François :
Et le monde croira, s'il doit auoir vn maiſtre,
Qu'il faut que tu le ſois.

O que pour auoir part en ſi belle auanture
Ie me ſouhaitterois la fortune d'Eſon,
Qui, vieil comme ie ſuis, reuint contre Nature
En ſa ieune ſaiſon !

De quel peril extrême eſt la guerre ſuiuie,
Où ie ne fiſſe voir que tout l'Or du Leuant
N'a rien que ie compare aux honneurs d'vne vie
Perduë en te ſeruant ?

Toutes les autres morts n'ont merite ny marque :
Celle-cy porte ſeule vn éclat radieux,
Qui fait reuiure l'homme, & le met de la barque
A la table des Dieux.

Mais quoy ? tous les penſers dont les ames bien nées
Excitent leur valeur, & flatent leur deuoir,
Que ſont-ce que regrets quand le nombre d'années
Leur oſte le pouuoir ?

Ceux à qui la chaleur ne bout plus dans les veines
En vain dans les combats ont des ſoins diligens :
Mars eſt comme l'Amour : ſes trauaux & ſes peines
Veulent de ieunes gens.

Ie

Ie suis vaincu du Temps : ie cede à ses outrages;
Mon esprit seulement exempt de sa rigueur
A dequoy tesmoigner en ses derniers ouurages
Sa premiere vigueur.

Les puissantes faueurs dont Parnasse m'honore,
Non loin de mon berceau commencerent leur cours:
Ie les posseday ieune ; & les possede encore
A la fin de mes iours.

Ce que i'en ay receu , ie veux te le produire:
Tu verras mon addresse ; & ton front ceste fois
Sera ceint de rayons qu'on ne vid iamais luire
Sur la teste des Rois.

Soit que de tes lauriers ma lyre s'entretienne,
Soit que de tes bontez ie la face parler:
Quel riual assez vain pretendra que la sienne
Ait dequoy m'égaler?

Le fameux Amphion , dont la voix nompareille
Bastissant vne ville estonna l'Vniuers,
Quelque bruit qu'il ait eu , n'a point fait de merueille
Que ne facent mes vers.

Par eux de tes beaux faits la terre sera pleine:
Et les Peuples du Nil , qui les auront ouys,
Donneront de l'encens , comme ceux de la Seine,
Aux autels de LOVIS.

MALHERBE.

F

SVR LA PAIX

DE L'AN M. DC. XXIX.

SONNET

AV ROY.

GRAND Roy, de qui le Nom remplit toute la terre,
Bien que pour augmenter tes honneurs esclatans,
Ta main ait estouffé dés ton ieune Printemps
La Discorde fatale à te faire la guerre.

Bien que portant depuis ton horrible Tonnerre
Contre ces orgueilleux & lasches combatans,
Tu nous les faces voir ainsi que des Titans
Foudroyez dans leurs tours plus fraisles que du verre.

Si diray-ie pourtant que ces braues explois
N'égalent point encor le bien que les François
Reçoiuent auiourd'huy de ta bonté suprême :

Car pouuant tout remplir & de sang & d'effroy,
Tu veux par ceste PAIX te surmonter toy-même :
Que peux-tu surmonter de plus puissant que toy ?

COLLETET.

CHANT
DE VICTOIRE,

SVR LA DEFFAITE DES ANGLOIS,
en l'Isle de Ré, & sur la prise de la Rochelle.

DELICES *du monde où nous sommes,*
Belle Nymphe qui tous les iours
Fais naistre pour nostre secours
Des Heros plustost que des hommes;
FRANCE en dépit de ton mal-heur
Donne relásche à ta douleur,
Et rends tes frayeurs estouffées :
Cesse de te plaindre de Mars,
Puis qu'à la fin tant de trophées
Succedent à tant de hazars.

Nos Ennemis tristes & mornes,
Apres vn si sanglant affront
Qu'on leur a graué sur le front,
N'oseront plus leuer les cornes.
Ces ioüets des vents & des flots
Ont veu leurs funestes complots
Euanoüis comme fumée;
Qu'ils sont las de se tourmenter!
Ils demandent à nostre armée
La Paix qu'ils nous vouloient oster.

F ij

  Ils craignent que nostre courage
Secondé de nostre bon-heur,
A leur eternel deshonneur
Ne nous porte sur leur riuage;
Et qu'employant tous nos efforts
Contre leurs villes & leurs forts,
Nous prenions qui nous vouloit prendre:
Quels peuples n'ont peu remarquer,
Si nous sçauons bien nous defendre,
Que nous sçauons mieux attaquer?

  Quoy que des vagues qui boüillonnent,
Et des rochers de toutes parts,
Ainsi que des affreux ramparts
Les couurent, & les enuironnent;
Assistez de l'Art des Nochers,
Ny les ondes ny les rochers
N'empescheront point nos conquestes:
Car aussi-tost que nous tonnons,
Les plus effroyables tempestes
Cedent au bruit de nos Canons.

  Que l'orgueil fut insupportable
Qui vint leur ame deceuoir!
Mesurer leur petit pouuoir
A nostre valeur indomptable,
C'est comparer la terre aux Cieux,
Les Geans auecque les Dieux;
Et par trop tenter la Fortune,
Qui leur fit experimenter
Qu'il ne faut pas que leur Neptune
Irrite nostre Iupiter.

Que ce iour te fut fauorable
Où parmy l'horreur & l'effroy,
Le Ciel qui combattoit pour toy
T'acquit ceste palme honorable!
Nos Gens qu'il auoit destinez
A chastier les obstinez
Firent tant d'actes de vaillance;
Que pour vne derniere fois
On a recognu que la France
Est le monument des Anglois.

Peuple perfide & temeraire,
Quel Demon t'agitoit le sein?
Voyois-tu pas qu'à ton dessein
Tout s'en alloit estre contraire?
Il ne fut aucun Element
Qui ne te fist empeschement;
La terre te ietta sur l'onde,
Les vents briserent tes vaisseaux,
Et le feu d'vn Canon qui gronde
T'enseuelit dessous les eaux.

Ainsi pleins d'esperance humaine
Ces ennemis du peuple Hebrieu
Qui se reuoltoient contre Dieu,
Perdirent leur temps & leur peine;
La mer se fendit en deux parts,
Et les noyant auec leurs chars
Bruit encor de ceste victoire:
Et tous les siecles à venir,
Dans la plus ingrate memoire
En garderont le souuenir.

Tu pensois que cét equipage
Où ton audace paroissoit,
Et sous qui l'onde fremissoit,
Estonneroit nostre courage;
Qu'esclaues dedans ton lien,
Tu ioindrois nostre Sceptre au tien,
Et nos Lys auecque tes Roses:
Mais nostre main te faict sentir
En tout ce que tu te proposes,
Les espines d'vn repentir.

O que puissant fut le Genie
Qui sollicita nos Guerriers
D'aller conquerir des Lauriers
Aux dépens de ceste manie!
O qu'extréme fut la valeur
Qui nous garantit du mal-heur
De ceste flotte vagabonde!
Iettons les yeux de tous costez,
Enfin nous verrons hors du monde
Ceux qui n'en estoient qu'escartez.

LOVYS nos plus cheres delices,
Dieu Tutelaire des François,
Ceux qui firent ces beaux explois
Les firent dessous tes Auspices:
Et quoy que ton œil ne fut pas
Le tesmoin de tant de combas,
Ta valeur, Ame de la guerre,
Guidoit leur main dedans ces lieux;
Pour vaincre les Fils de la Terre
Iuppiter quitta-t'il les Cieux?

Puiffiez-vous Ames glorieufes
D'vne mer à l'autre courir,
Et fous noftre Prince acquerir
Des couronnes victorieufes;
Que rien ne fe puiffe affranchir
De ce qu'il vous plaira fléchir;
Et fi quelque nouuelle rage
Releue ce Peuple abbatu;
Qu'il faffe efclatter dauantage
Les effects de voftre vertu.

Et toy dont la bonne conduite
Jointe au courage valeureux
Reduifit tous ces mal-heureux
A choifir la mort ou la fuite;
SCHOMBERG, l'Hercule de nos iours,
Que tes vœux profperent toufiours,
Que deuant toy tout s'humilie:
Tranche le col à ces Serpens;
Et nous vengeant de leur folie
Rends les fages à leurs dépens.

Tourne la pointe de tes armes
Contre ces fuperbes Mutins,
Qui par des brafiers inteftins
Caufent de nouuelles allarmes;
Comme vn feu qui confomme tout,
Extermine iufques au bout
Cefte engeance ingrate & rebelle;
Et fay que ton nom reueré
Luy foit fatal dans la ROCHELLE
Auffi bien qu'en l'Ifle de RE'.

Asseure toy que la Victoire
Quelque part où tournent tes pas,
T'assistera dans les combas
Et t'enuironnera de gloire;
Desia fauorisant tes vœux
Elle couronne tes cheueux
De belles feüilles immortelles;
Et pour les arres de sa foy,
Elle s'en va coupper ses aisles
Pour demeurer auecque toy.

Que de loüanges tousiours viues
Retentiront de tous costez,
Alors que tes prosperitez
Te rameneront sur nos riues!
GRAND ROY, le fauory des Cieux,
Iamais les Triomphes des Dieux,
Apres l'entreprise barbare
Dont les Geans furent punis,
N'égala celuy qu'on prepare
A tes merites infinis.

I'apperçoy desia ce me semble
Parmy la pompe & la splendeur,
Pour voir ta Royale Grandeur
Tes peuples s'amasser ensemble:
Ie voy flotter de toutes parts
Tes victorieux estendars,
Teints au sang du Rebelle infame;
Et Paris, l'œil de l'Vniuers,
Dans l'allegresse de son Ame
Te receuoir à bras ouuers.

Ie

Ie te voy fur vn char d'yuoire
Superbement élabouré,
Où l'on ne void rien figuré
Qui ne foit digne de ta gloire:
Ie ne voy point pour cette fois
Marcher de Princes ny de Rois
Apres toy d'vne longue fuite;
Mais la Difcorde de qui l'œil,
Malgré fa puiffance deftruite,
Monftre encor vn refte d'orgueil.

Ie voy prés d'elle l'Herefie,
Maudite race des Enfers,
Traifner honteufement fes fers
Sous vn manteau d'hypocrifie:
Chacun recognoift fon abus,
Tes fujets ne font plus imbus
De fes maximes infidelles;
Vn dépit luy ronge le cœur,
Elle n'a plus de Citadelles,
Et meurt aux pieds de fon Vainqueur.

Quelque part que tu te tranfportes,
Toufiours au deuant de tes yeux
Cent mille obiects delicieux
Efclatteront deffus nos portes:
Des Arcs, des Termes arrondis,
Des Coloffes, des traits hardis
Mariront l'Art à la Nature;
Et ton cœur fera fatisfaict,
Quand tes yeux verront en peinture
Ce que ton bras fit en effect.

G

Mais, ô Grand PRINCE, ou ie me trompe
Ce dont tu seras plus épris,
Ce sera des doctes escris
Qui celebreront ceste pompe:
Les Muses ne souffriront pas
Que les tenebres du trespas
Obscurcissent tes beaux faits d'armes:
Leur voix te viendra resiouïr;
O qu'apres le bruit des alarmes
Il est bien doux de les ouïr!

Alors si le Ciel fauorise
Les desseins que i'ay de tenter
Le moyen de te contenter
Par quelque fameuse entreprise;
Ie feray de si grands efforts,
Qu'on parlera de mes accords
Tant qu'on parlera ton langage;
Et t'égalant aux Immortels,
Ie feray voir que mon ouurage
T'honore plus que des Autels.

Des bords reculez de ceste onde
Où se leue l'Astre du iour,
Iusques à cét autre seiour
Qui cache sa lumiere au monde;
I'animeray si bien ma voix
Dans le recit de tes exploits
Dignes d'eternelle memoire;
Que ie rendray tout l'Vniuers
Amoureux du prix de ta gloire,
Et du merite de mes-vers.

COLLETET.

S V R
L'HEVREVSE GVERISON
D V R O Y
A L Y O N.
STANCES.

BAISSEZ, *baiſſez le front, ô ſuperbes Couronnes,*
Auguſtes Majeſtez, portés le Sceptre bas :
Puis que cette grandeur ſouffre que vos Perſonnes
Fondent comme le Peuple au gouffre du treſpas.

Mon Roy l'honneur des Rois giſoit en l'agonie;
La beauté, la ieuneſſe, & la ferme vigueur,
Seichoient comme vne fleur que la Bize a ternie,
Quand vn excez d'hyuer anime ſa rigueur.

La Cour dreſſoit au ſort vne triſte querelle,
L'Egliſe & RICHELIEV perçoient le Ciel de vœux,
L'Italie entonnoit vne plainte eternelle,
Et la France orpheline arrachoit ſes cheueux.

O de quels tons piteux les regrets de la Muſe,
Repetoient ces grands Noms ſuiuis de ſi haut faits,
Rochelle, Rhé, Bearn, Pignerol, Cazal, Suze,
Et les Forts terraſſez, des Rebelles défaits.

Mais vn Ange apparut enflammé de lumiere;
Le Ciel n'a point, dit-il, voſtre vœu reietté :
DIEV, rappelle ſon Oingt, à la ſanté premiere,
Non pour ſes grands exploicts, mais pour ſa Pieté.

G ij

Soleil qui pris le dueil, si nous croyons l'Histoire,
Quand Cesar fut percé des fleches de la mort ;
Luys de nouueaux rayons d'allegresse, & de gloire,
Puis que le Grand LOVYS surmonté leur effort.

GOVRNAY

SONNET.

LA REINE REPRESENTANT IVNON.

AV ROY.

GRAND *Roy l'honneur du monde, & l'effroy de*
la guerre,
Ie suis voftre Iunon qu'on adore en tous lieux,
Et vous oftez le nom à ce Maiftre des Dieux,
Qui iadis fut braué par les Fils de la terre.

Vous lancez de vos mains plus de coups de tonnerre
Que de traits enflammez ne partent de mes yeux ;
L'orgueil de nos Titans qui menaçoient les Cieux
S'eft contre vos efforts brisé comme du verre.

Tous ces Dieux qu'on a feints, & qu'on a reuerez
Ont efté moins que vous des hommes adorez,
Et ie tire de là ie ne sçay quel Augure ;

Qu'vn iour voftre valeur à la Pofterité
Sera le fens moral, & la verité pure
Des fables qu'inuenta toute l'Antiquité.

BOIS-ROBERT.

LA ROCHELLE AVX PIEDS DV ROY.

GRAND Roy, *souffrez qu'vne Rebelle*
Addresse au plus iuste des Roys
Ce peu qui luy reste de voix,
Pour se confesser criminelle :
Le seul exemple du grand Dieu,
Dont vous tenez icy le lieu,
Rend ma requeste receuable :
Puis que sa Clemence consent
Que se recognoistre coupable,
Soit assez pour estre innocent.

Desja quinze mille Victimes
De mes enfans morts en mon sein
Ont bien auancé le dessein
De m'enseuelir dans mes crimes :
Ne pouuant plus voir sans horreur
Le progrés qu'a fait leur fureur
Au choix de leur propre supplice ;
Pour ceux qui me seront restez
Ie vien prier vostre Iustice
De les donner à vos bontez.

G iij

    Ce ne sont plus que les reliques
De tant d'infidelles sujets,
Que mes ambitieux projets
Enyuroient de larmes publiques :
Ce sont eux qui doiuent vn iour,
Pleins des effets de voftre amour,
Apprendre aux Ombres de leurs freres,
Qu'auant le fort de leur trefpas,
La plus grande de leurs miferes
Fut de ne vous cognoiftre pas.

    S'ils euffent fceu combien voftre ame
Se rend facile à confentir
Aux inftances d'vn repentir,
Qui fans feintife vous reclame ;
Leurs courages determinez
Ne fe fuffent pas obftinez
A pourfuiure vne iniufte gloire,
Dont les monuments eternels
Ne leur gardent en noftre Hiftoire
Que le feul nom de criminels.

    Mais qui ne fçait que la Clemence
Modere tous vos iugements,
Auant que vos reffentiments
Se declarent contre l'offence?
N'ont-ils pas veu, ces Infenfez,
Pendant le cours des ans paffez,
Que la repentance a des charmes,
Qui font que iamais voftre cœur
Ne peut abandonner vos Armes
Au pouuoir de voftre rigueur?

C'estoit donc la seule arrogance
Que ma force leur fournissoit,
Qui dans leur memoire effaçoit
Cette importante cognoissance;
Et mille demons mensongers
Sous des visages estrangers,
Se meslants dans ma populace,
Luy defendoient de conceuoir,
Qu'vn Monarque peut faire grace
A ceux qui brauoient son pouuoir.

      Cependant la fameuse enceinte
De mes prodigieux rempars
Les asseuroit de toutes parts
Contre les aduis de la crainte :
Et les gouffres de mes fossez,
Qu'on n'auoit iamais trauersez
Que pour mourir à mes murailles,
Disposoient leur rebellion
A faire plus de funerailles
Qu'en dix ans n'en fit Ilion.

      D'ailleurs me tenant asseurée
Du prompt secours de l'Estranger,
Ie ne preuoyois nul danger
Que n'emportast vne marée :
Et ne pouuois m'imaginer
Que vous deussiez me ruïner
Par des exploits si peu croyables,
Que ceux qui viuront apres nous
Les mettroient au nombre des fables,
S'ils partoient d'autre que de vous.

Qui n'euſt iugé que les Furies
Complices de mon attentat,
Pour renuerſer tout cét Eſtat,
Faiſoient ioüer mes batteries?
Tant eſtoit terrible le bruit:
Tant eſtoit horrible la nuict
De ceſte infernale tempeſte,
Qui durant les iours les plus clairs,
Ne laiſſoit luire ſur ma teſte
Que des foudres & des eſclairs.

O vains efforts de tant d'années,
Effets de mal-heureux conſeils!
Vains trauaux, foibles appareils,
Contre l'arreſt des deſtinées!
Que m'a-t'il ſeruy de m'armer
Des forces de terre & de mer?
Dieu qu'elles eſtoient inutiles
Contre vn Monarque ſi pieux,
Qui pour reconquerir ſes Villes
Fait ſes approches par les Cieux!

Mais quoy ce Monſtre d'Hereſie
Hurlant & les nuicts & les iours,
Au milieu de mes carrefours,
Entretenoit ma freneſie;
Et tous les Miniſtres d'Enfer,
Mettant les flammes & le fer
Dans la main de mon Euangile,
Animoient vn peuple peruers
A mourir pour ſauuer l'aſyle
Des crimes de tout l'Vniuers.

Et

*Et certes à voir l'insolence
De leurs complots seditieux,
Dont les discours audacieux
Autorisoient toute licence;
Je croyois qu'enfin les destins
Auoient promis à ces mutins
De terminer ce grand ouurage,
Dont, pour s'affranchir de vos loix,
Ils auoient faict l'apprentissage
Par le mépris de quatre Roys.*

*Que si leur perfide manie
Auoit quelques heureux succés,
L'orgueil ne peut auoir d'excés,
Où n'arriuast ma felonnie:
Je defendois à mes desirs
D'aspirer à d'autres plaisirs
Qu'à voir trébucher cét Empire,
Et tous vos tiltres démolis
Abandonner à mon * Nauire
La Gloire & le pouuoir des Lis.*

*Mais cette funeste pratique
Deuoit par ma prise finir,
Puis que le Ciel, pour me punir,
Rouloit mon an Climaterique.
La rigueur de mon chastiment
Commença par l'aueuglement
De mon Conseil, & de mes Maires,
Qui n'ont peu iamais approuuer,
Sinon des remedes contraires
A ceux qui me pouuoient sauuer.*

* La Rochelle porte, d'azur à la nef d'argent, aux voiles de mesme, surmontée de trois fleurs de Lis d'or en chef.

Dés lors les sinistres augures
De mille nouueaux accidens
M'offroient des signes euidens
De mes calamitez futures :
Les Vents sembloient me menacer,
Les ondes sembloient m'annoncer
Que, quand elles seroient captiues,
Ie payerois à vos Guerriers
Les dommages de vos Oliues
Par la perte de mes Lauriers.

En suitte ie vy l'entreprise
De ces vastes retranchements,
Où la fleur de vos Regiments
Ne iuroit plus que par ma prise.
Ie vy s'éleuer tant de forts,
D'où, sans faire d'autres efforts,
L'œil de la Iustice Diuine,
Au trauers de mes Garnisons,
Alloit conduisant la famine
Iusques au sein de mes maisons.

Ie vy cette effroyable masse,
Qui dans mon canal s'auançoit,
Et d'vn front hautain menaçoit
Les partisans de mon audace.
En vain cent boulets tous les iours
Partoient du sommet de mes tours,
Pour en esbranler la structure,
Tant plus s'éleuoit son orgueil,
Qui forçoit toute la nature
Pour faire d'vn port vn écueil.

Souuent i'oüy la violence,
Dont à chaque coup de canon,
Le bruit, qui portoit voſtre nom
Impoſoit aux vagues ſilence.
Ie vy ces vaiſſeaux enfoncez,
Ie vy ces chandeliers dreſſez,
Qui ne permettoient le paſſage
Aux flots qui venoient dans mon port,
Que pour m'apporter le meſſage
Des aſſeurances de ma mort.

Depuis, quels eſtranges rauages
Ont puny mes preſomptions,
Qui nourriſſoient les factions
De mes deſeſperez courages!
A quel point de brutalité
La faim n'a-t'elle pas porté
Mes Rebelles abominables?
Ils ont, au fort de tant de maux,
Mangé les rebuts deteſtables
Des plus infames animaux!

Malgré l'horreur de la nature,
Et le refus de la raiſon,
Ils ont cherché dans le poiſon
Le ſecours de la nourriture:
Et la iuſte rigueur des Cieux,
Par leurs appetits furieux,
Les a ſceu tellement pourſuiure,
Que la peur meſme de perir
Leur a fait employer pour viure
Tout ce qu'il falloit pour mourir.

Tousiours pourtant ces Insulaires
Amusoient ma credulité ,
Qui donnoit à leur vanité
Le nom de mes Dieux tutelaires :
Et leur Roy (que mes matelots
Croyoient estre le Dieu des flots)
S'interessant dans ma fortune ;
I'auois quelque droit d'estimer
Que, malgré ce nouueau Neptune,
On ne m'osteroit pas la mer.

Mais apres la triste retraite
De ces poltrons, qui dedans Ré
Laisserent leur nom enterré
Sous l'opprobre de leur défaite ;
Deuois-ie croire à mon malheur,
Qui m'alloit vantant la valeur
De ceux qui font si mal la guerre
Dedans, & dehors leurs vaisseaux,
Qu'ils n'ont que des pieds sur la terre,
Et n'ont point de mains sur les eaux.

Ils sont venus, & leurs machines
N'ont seruy qu'à me faire voir
Les marques de leur desespoir
Sur le débris de leurs ruines :
Apres auoir esté battus ;
N'osant plus ioindre vos Vertus,
Qui combattoient dans vostre armée,
Ils sont demeurez pour le moins,
Afin qu'vne ville affamée
Ne se rendist point sans tesmoins.

Mais qui croira qu'ils estimassent
Que les yeux de tout l'Vniuers
Estant sur mon Destin ouuers,
Iamais les tesmoins ne manquassent?
I'aime mieux iuger qu'apres Dieu,
L'Ancre de ce Grand RICHELIEV
Les retient proche de ma terre;
Afin de leur pouuoir monstrer
Comment vn iour dans l'Angleterre
Vos armes vous feront entrer.

Tel que des plus hautes montagnes,
L'amas des torrents vagabonds
Va déchargeant par mille bonds
Mille malheurs dans les campagnes:
Au bruit des arbres arrachez
Tous les troupeaux effarouchez
Abandonnent les pasturages,
Et se vont en vain enfermer
Dedans l'enceinte des villages
Qui doit auec eux abysmer.

Tels paroistront ces Volontaires,
Lors que vous leur aurez permis
De fondre sur vos ennemis
Pour vous les rendre tributaires;
En vain nos Pirates du Nort
Fuiront les menaces du sort.
Dans leur coin separé du monde;
Là mesme vos soldats espars
Sçauront, aussi bien que sur l'onde
Donner la chasse aux Leopards.

Desia la Victoire tient prestes
Les palmes qu'elle doit donner
A ceux qu'il vous plaira mener
A ces infallibles conquestes;
Cependant tousiours, ô Grand ROY,
Quoy que vous ordonniez de moy,
La Clemence aura l'auantage,
Puisque mesme la cruauté
Ne pourroit pas trouuer l'vsage
Du tourment que i'ay merité.

Et puis, quand l'esclat du Tonnerre
Contre moy s'offriroit à vous,
Pour mieux seruir vostre courrous,
Que n'a faict la faim ny la guerre;
Considerant ce que ie puis,
Ce que i'estois, ce que ie suis,
Iugerez-vous pas que la foudre
Darderoit des feux superflus,
Pour mettre des cendres en poudre,
Et destruire ce qui n'est plus?

Non, non, ie m'arreste au presage
Que mes regards audacieux,
Instruits par les rais de vos yeux,
Remarquent sur vostre visage:
Laissant aux Princes inhumains
Le droit d'ensanglanter leurs mains
Dans les effets de la vengeance,
Vous ne reseruez les efforts
De vostre adorable puissance,
Qu'à faire reuiure les morts.

La fidelité de l'Oracle,
Qui nous a predit vos bien-faits,
Pour rendre nos vœux satisfaits,
Nous doit encore ce miracle:
Mais en bref vous l'acquitterez,
Si tost que vous commanderez,
Marchant en pompe dans mes places,
Que mes citoyens resiouys
Leuent de terre leurs carcasses,
Pour vous crier, Viue LOVYS.

SVR LA
REDDITION
DE LA ROCHELLE.

ODE.

IL est donc vray que l'insolence,
Qui brauoit les armes des Roys,
Enfin a plié sous les loix
D'vne legitime puissance?
Et ces Rebelles affamez,
S'estant presque tous consumez,
Quoy que lents à se recognoistre,
Pressés de faim & de douleur,
Sont venus aux pieds de leur Maistre
Chercher remede à leur mal-heur.

Qui iamais eust creu que la rage
De ce peuple seditieux,
Haï de la terre & des Cieux,
Peust fléchir son mauuais courage?
Qui n'eust iugé que des lyons
Nourris dans les rebellions
Deussent deuorer leurs entrailles,
Plustost que las de leur prison,
Rendre à la force leurs murailles,
Et leurs esprits à la raison?

On

On sçait de quels maux est suiuie
L'audace des cœurs obstinez,
Quand ils se sont determinez
De vaincre, ou de perdre la vie;
Et quels mal-heurs dans les citez
Apportent les extremitez
D'vne disette ineuitable,
Qui les presse de se ranger
Au gré d'vn Prince redoutable,
Ou pour viure, de se manger.

    Ce sont les maux dont la manie
De ces ambitieux Mutins,
En luitant contre nos destins,
S'est malheureusement punie:
Que si ie descris les horreurs
Qu'ont causé les noires fureurs,
Peut-estre on dira que la guerre
N'a iamais aux yeux du Soleil,
Depuis qu'il esclaire la terre,
Fait voir vn desastre pareil.

    N'ont-ils pas, sans perdre asseurance,
Veu dans la rigueur de leur sort,
Leurs parens rechercher la mort
Pour mettre fin à leur souffrance?
Ces cœurs de fiel enuenimez,
Contre leur salut animez,
N'ont-ils pas veu dans leurs miseres,
Les enfans transis de la faim
A leurs impitoyables peres
Demander la mort, ou du pain?

N'ont-ils pas veu parmy les places
Leurs citoyens desesperez,
Demander tous défigurez,
Dequoy soustenir leurs carcasses?
N'ont-ils pas veu, ces scelerats,
Les meres se nourrir de rats,
Et les petits à leur mamelle
Abandonner le laict puant,
Qui d'vne poitrine rebelle
Sortoit, & les alloit tuant?

Qui croira que la pourriture
Seruist d'aliment à leur corps,
Et qu'ils donnassent leurs thresors
Pour cette estrange nourriture?
Qui croira que dans leur mal-heur,
Les choses changeant de valeur
A l'appetit de leurs furies,
Ils fissent monter à tel prix
Les charognes de leurs voiries
Que l'or mesme en fust à mespris.

Ils sont demeurez inflexibles
Aux mouuemens de l'amitié,
Aucune atteinte de pitié
N'a rendu leurs esprits sensibles:
Iamais les lamentables voix
De ceux qui rendoient les abois,
Et des enfans parmy les ruës,
N'ont peu toucher cette rigueur,
Et les cris qui perçoient les nuës
A peine leur frappoient le cœur.

·O Ciel! quelles triſtes images!
·De voir ces Fantoſmes affreux
Tous haues , s'effrayer entr'eux
Au rencontre de leurs viſages!
Et parmy ces infortunez,
Que la famine a décharnez
Voir des perſonnes languiſſantes
Qui , n'attendant que les Tombeaux,
Trauaillent encore viuantes
A ſe defendre des corbeaux!

Quelle horreur dans leurs aſſemblées,
Et dans leurs funeſtes complots,
Voir des gens qui monſtrent les os,
Et portent des faces troublées?
Conclure qu'il faut tous mourir
Si l'on ne les vient ſecourir;
Et ne pouuant rien plus attendre,
Dedans l'extremité des maux
Manger pluſtoſt que de ſe rendre,
Les hommes , apres les cheuaux?

Qui donc ſuiuant la violence,
De ces effroyables projets,
N'euſt creu que ces mauuais ſujets
S'obſtineroient en leur offence?
Et dans leur rage s'échaufans
Qu'ils viendroient deſſus leurs enfans
A porter leurs mains ſacrileges;
Preſts à s'ouurir meſme le flanc,
Et pour ſauuer leurs priuileges,
S'enyurer de leur propre ſang?

Toutesfois la forte contrainte
D'vn Roy campé deuant leurs murs,
A faict que des esprits si durs
Se sont amolis par la crainte :
Cette puissante passion,
Abbatant leur presomption,
A si bien disposé leur ame,
Qu'ils ont detesté leur courroux,
Et quittant leur premiere trame
Ont cherché des moyens plus doux.

Il est vray pourtant que la gloire
De ce merueilleux changement,
Regarde LOVIS *seulement,*
Et le bon-heur de sa victoire ;
Ne donnons rien à ces esprits,
C'est la DIGVE *qui les a pris,*
Ce sont les forts, ce sont les armes,
C'est la constance de mon ROY
Qui les a faict venir aux larmes,
Et qui leur a donné la loy.

Cette Digue prodigieuse,
Ce frain à la mer imposé,
Ce rempart si bien disposé
Contre la vague furieuse ;
C'est elle qui les a domptez,
Opposant à leurs libertez
Vn obstacle si difficile,
Qu'en punissant leur trahison,
Elle a faict d'vne forte ville
Vne necessaire prison.

Quand Neptune allumant son ire,
Resolu de faire vn effort
Pour mettre la mer dans leur port,
Bouleuerse tout son Empire:
Trouuant ses desseins limitez,
Et voyant ses flots irritez
Reuenir contre leur couftume,
Honteux de se voir relascher,
S'en va couuert de son escume
Dedans ses ondes se cacher.

Là nos insolents aduersaires,
Contraints de terminer leur cours,
Aprenent que leurs grands secours
Ne sont que desseins temeraires:
Et trouuans vn nouuel escueil
Esleué contre leur orgueil,
Confessent dans leur espouuente,
Qu'il faut qu'ils soient bien mal-heureux,
Puis qu'vn port mesme ne presente
Rien que des naufrages pour eux.

O Dieu ! quel glorieux spectacle
De voir venir de tant de lieux,
Les hommes pour saouler leurs yeux
Du seul aspect de ce miracle?
Jamais on ne les void lassez
D'admirer ces rocs entassez
Auec les poultres qui les lient,
De voir cét ordre de vaisseaux,
Et ces machines qui ne plient
Ny pour les vents, ny pour les eaux.

Ils contemplent sur cet ouurage
Comme l'indomptable Element
Roule ses flots également,
Et s'estend sur tout le riuage ;
Iusqu'à ce que touchant le bort
De la Digue qui luy fait tort
En luy retranchant son espace,
De dépit d'estre retenu,
Il baue contre cette masse,
Puis s'en va comme il est venu.

Enfin ayant veu les merueilles
Qui paroissent en ce dessein,
L'esprit leur en reste si plein
Qu'ils en vont remplir les oreilles,
Et disent que ce CARDINAL
Qui ferme vn si fameux çanal
Aux ennemis de sa patrie,
Pourra, par ses heureux trauaux,
Donnant au ROY son industrie,
Fermer la porte à tous nos maux.

Mais c'est trop peu que leur parole
Pour recommander des explois,
Qui feront cacher les Anglois
Desormais iusques sous le Pole ;
Et de leur secours criminel
Feront que l'opprobre eternel
Subsistera dans la Memoire,
Afin que ne pouuant finir,
La rigueur mesme de l'Histoire
A iamais les puisse punir.

GRAND LOVIS, *quand ie me figure*
Tous ces effets prodigieux,
Dont, pour te rendre glorieux,
Dieu remplit toute la Nature :
Quand ie voy tous les Elemens
S'accorder à tes mouuemens,
Il me semble que les Oracles,
Qui t'offrent vn monde soubmis
Vont, en suite de ces miracles,
Te donner ce qu'ils t'ont promis.

    Quand ie regarde en cette guerre
Que ces ennemis abbattus
Viennent adorer tes Vertus,
Ou mourants, qu'ils mordent la terre :
Quand i'apperçoy d'autre costé
Qu'auec tant de facilité
Par tout le bon-heur te seconde ;
Il me semble que tu n'attends,
Pour auoir l'Empire du monde,
Que le seul suffrage du temps.

    Je sçay bien que la Renommée
Hastera tes prosperitez,
Et que sa voix par les citez
Te seruira plus qu'vne armée :
Elle promet de se voüer
Au seul dessein de te loüer ;
Et tes actions immortelles,
Luy donnant vn si digne employ,
De long-temps sa bouche & ses aisles
Ne trauailleront que pour toy.

A son bruit, l'Europe affligée
Pense à n'auoir d'autre recours
Qu'au seul appuy de ton secours
Pour se voir bien-tost soulagée :
Desia le superbe Croissant
Va timide se rabaissant
Au nouuel esclat de ta gloire,
Croissant, qui n'aura de clarté
Que pour esclairer ta memoire
Aux yeux de la Posterité.

Le monde te void comme vn Astre
Fatal à l'infidelle loy,
Qui bien-tost sentira sous toy
Arriuer son dernier desastre ;
Et Dieu qui forme ta grandeur,
Comme vn Soleil de qui l'ardeur
Engendre desia les tempestes,
Veut qu'à ses ennemis mortels
Ta foudre aille rompre les testes,
Comme ils ont rompu ses Autels.

Il est bien vray que ta carriere
S'oppose à celle du Soleil,
Car il nous monstre son réueil
Où s'arrestera ta lumiere :
Ta flame, aux ennemis de Dieu
Commence la guerre en ce lieu
Où cét Astre cesse de luire ;
Et quelque iour les poursuiuant
Acheuera de les destruire
Dedans les terres du Leuant.

Et

Et comme au progrés de sa course
Ce grand flambeau de l'Vniuers,
Afin de faire nos hyuers,
Tourne au Midy, fuyant de l'Ourse;
Toy, pour combattre entierement
Sa route par ton mouuement,
Vers l'Aquilon te feras place,
Où tu t'enflammeras si fort,
Que nous verrons fondre la glace
De ces Heretiques du Nort.

   Lors les habitans de leurs Isles
A tes armes assuiettis
Ne formeront plus de partis
Pour venir surprendre tes villes:
Bref tous les peuples sous tes bras
Fléchiront comme tu voudras;
Et ta vaillance me présage,
Que ces grands biens, quoy qu'à venir,
Seront sur la fin de ton âge
Les obiets de ton souuenir.

LES LAVRIERS
DV ROY.

NOBLE prix des trauaux, branches victorieuses,
Qui ceignez de mon ROY les temples glorieuses,
Beaux, & sacrez Lauriers, dont le riche thresor
Augmente la splendeur de ses couronnes d'or,
Que vostre odeur me plaist ! & que vostre feüillage
A tous les Potentats s'en va donner d'ombrage !
   I'oy desia tout fremir, ie voy tout s'effroyer,
L'Aigle n'oseroit plus ses aisles desployer,
Son insolente ardeur se conuertit en glace,
Un iuste repentir estouffe son audace :
Aussi connoist-on bien qu'en force, & qu'en conseil,
Ferdinand n'est qu'vn Aigle, & LOVYS vn Soleil;
Et que pour asseurer sa timide paupiere,
L'aigle doit du Soleil reuerer la lumiere.
   I'entends d'vne autre part ce Fleuue imperieux,
Que le fils de Clymene a rendu glorieux,
Enfler de gros boüillons ses ondes fugitiues,
Destruire ses rochers, lutter contre ses riues,
Arracher de son front ses ioncs, & ses roseaux,
Refuser à la Mer le tribut de ses eaux,
Dans la crainte qu'il a qu'vne main Souueraine
Ne le rende bien-tost esclaue de la Seine,
Et que nous ne voyons encore vne autre fois
Hercule triompher des forces d'Achelois.

Ie voy d'autre cofté ce fuperbe Monarque,
Qui ne redoute rien que les traits de la Parque,
Qui court d'vn Pole à l'autre, & s'y fait refpecter,
Que mefmes dans la nuit le iour ne peut quitter;
Tout glorieux qu'il eft d'vn fi riche partage
Son Empire borner des limites du Tage.
Il fçait bien ce que peut la valeur de mon Roy,
Que fon bras eft armé de terreur, & d'effroy;
Qu'il eft beny du Ciel, qui le iuge capable
De venger l'innocent, & punir le coupable.
Il fçait qu'il a rauy tout ce qu'il peut rauir,
Que fon ambition ne pouuant s'affouuir,
Il prefere le foin d'augmenter fes Prouinces
Aux autres qualitez qui font aimer les Princes;
Qu'il mefprife tout autre, & n'adore que luy,
Quoy qu'il n'ait rien de grand que ce qu'il a d'autruy.
Il fçait qu'ayant fur nous enuahy Pampelonne,
Cefte Fleur ne doit pas embellir fa Couronne,
Que toute defolée en fa captiuité
Elle attend de mon Roy fa chere liberté;
Qu'au milieu des ennuis dont fon Ame fouspire,
Elle meurt du defir d'accroiftre noftre Empire,
Et de nous tefmoigner en effect quelque iour
Que Philippe eft fa haine, & Lovys fon amour.
Il connoift bien encor que la Terre Belgique,
Dont Mars fait tous les iours vne Scene tragique,
Pour fecoüer le ioug de fes iniuftes loix,
Implore le fecours du plus Iufte des Roys;
Efgalement contens que cela leur fuccede,
Luy d'eftre fon Perfée, elle fon Andromede.

K ÿ

Mais pour mieux couronner tes beaux actes guerriers,
Et t'acquerir encor de plus fameux Lauriers,
GRAND ROY, qui deuant toy fais marcher la Victoire,
Il faut laisser plus loin des marques de ta gloire.
Nos Oracles ont dit, que suiuant tes Destins
Tu dois planter tes LYS dans les champs Palestins,
Que le puissant effort de ta main vengeresse
Doit encor faire voir la Gaule dans la Grece;
Que tu deliureras de la chaisne & des fers,
Ceux qui sont dans Arger comme dans les Enfers;
Que vengeant du grand DIEV les loüanges mocquées,
Tu feras vn lieu Sainct des prophanes Mosquées;
Qu'en dépit des Sultans, de ta gloire esblouïs,
Vn LOVIS doit venger l'iniure d'vn LOVIS,
Faire voir du Croissant la lumiere obscurcie,
Et forcer Mahomet d'adorer le Messie.

Ne differe donc point d'accomplir, ô GRAND ROY,
Tant de rares effects qu'on espere de toy;
Enten la voix du Ciel, suy celle des Oracles,
Qui reseruent pour toy l'honneur de ces miracles.
L'Orient de tes iours charme tout l'Orient,
L'Aurore t'y semond d'vn visage riant;
C'est pour toy qu'elle sort, si belle & si parée,
Des humides Palais de l'antique Nerée;
Elle cueille des fleurs, dont l'agreable teint
Non plus que ton honneur, ne sçauroit estre esteint,
Pour couronner le front de ta grandeur Royale,
Precieuses faueurs que n'eut iamais Cephale.

Va donc l'vnique espoir de tout cét Vniuers,
Va l'asyle des bons; & l'effroy des peruers,

Que tout soit fauorable à tes iustes requestes,
Que rien ne puisse nuire au cours de tes conquestes.
Va, regarde, & surmonte, ô fauory de DIEV;
Et puis que ton bon-heur te donne vn RICHELIEV;
Pour estre plus puissant qu'Auguste, & que Pompée,
Ioins ses sages Conseils aux coups de ton Espée.
   Cependant ô grand DIEV, *qui portes dans tes mains*
Le Destin glorieux du plus grand des humains,
Puis qu'il brusle par tout des ardeurs de ton zele,
En quelque lieu qu'il soit couure-le de ton aisle;
Que son Sceptre eternel l'ait tousiours pour appuy,
Et qu'il nous donne vn FILS *qui ne cede qu'à luy.*

COLLETET.

LE
TRIOMPHE
DE LA PAIX,
POEME EPIQVE.

Sur la Paix faicte auec les Anglois, & sur la reduction
des Rebelles du Languedoc, apres la prise
de la Rochelle, l'an 1629.

AV ROY.

APRES *tant de combats, & de troubles de guerre,*
Tant de sang espandu sur l'onde & sur la terre,
Tant de flots de Neptune, & d'orages mouuans,
Qui mirent nostre Barque à la mercy des vents;
Enfin nous voyons luire vne claire iournée,
Le calme est reuenu, la PAIX *est retournée.*
Nous n'auons plus d'horreur, de crainte, ny d'effroy,
Nous ne souspirons plus pour l'absence du ROY;
Les Fureurs de l'Enfer toutes descheuelées,
Ne bouleuersent plus nos villes desolées;
Les boulets animez d'vne ardante vapeur,
Ne portent plus la mort dans le sein de la peur;
Le fer tombe des mains des plus hardis gendarmes,
L'airain ne sonne plus de funestes alarmes,

L'air n'eſt plus ombragé de flottans eſtendars,
Et le repos enfin regne de toutes parts.
   Mon R O Y *dont les regards diſſipent la triſteſſe,*
Change nos pleurs de deüil en larmes d'allegreſſe;
Les Anges gardiens des murs de nos Citez,
Reſtabliſſent le cours de nos proſperitez;
Le bruit des Canons ceſſe, ou ſi l'on les employe,
C'eſt pour faire éclatter de nouueaux feux de ioye.
On ne void plus perſonne endoſſer le harnois,
Que pour entrer en lice au milieu des Tournois;
On n'oit plus de clairons retentir dans la nuë,
Sinon ceux dont mon P R I N C E *annonce ſa venuë;*
L'air eſt libre, & rien plus ne l'offuſque auiourd'huy,
Qu'vn nuage de fleurs qu'on eſpanche ſur luy.
   Grand R O Y, *puis qu'apres Dieu ceſte gloire t'eſt deuë,*
Que la France ioüit de la P A I X *attenduë,*
Souffre que dans l'ardeur dont ie ſuis agité
I'en laiſſe quelque marque à la poſterite;
L'allegreſſe m'emporte, & mon Ame eſchauffée
Ne ſçauroit ſe reſoudre à taire ce Trophée.
Vne autre fois eſmeu du prix de tes Lauriers,
Ie chanteray l'honneur de tes actes guerriers,
Alors que ton coürage & ta bonne fortune,
Forcerent la Rochelle en dépit de Neptune;
Et mirent ſous le ioug ce ſuperbe Element,
Qui receuoit la loy des Aſtres ſeulement.
Tandis ſi i'apperçois ton oreille attentiue,
Le front enuironné d'vne branche d'oliue,
I'iray dans ton Palais, dont le ſacré pourpris
Se mire dedans l'or de ſes riches lambris,

Eſpandre le parfum de la Muſe immortelle,
Et te chanter la PAIX *d'vne grace nouuelle.*

  Deſia depuis long-temps Mars *enflé de courrous,*
Auoit quitté la Thrace, & regnoit parmy nous;
La Diſcorde enragée aux treſſes de vipere
Auoit enuenimé le fils contre le pere,
Les freres s'outrageoient d'vn courage endurcy,
La Iuſtice, & la PAIX *n'habitoient plus icy:*
Le Peuple reuolté contre ſon iuſte PRINCE
Faiſoit vn bouleuart de chacune Prouince.
Cét Hydre à mille chefs, ce Monſtre à mille voix,
Ne s'accordoit en rien qu'à ſe rire des loix.
Leurs cœurs ne reſpiroient dans l'horreur du carnage,
Qu'vne meſme fureur ſous vn meſme viſage,
L'honneur eſtoit hay, le vice careſſé,
Et dés qu'on offençoit on eſtoit offencé.

  L'Europe toute triſte, & toute languiſſante,
Laiſſoit eſuanoüir ſa pompe floriſſante;
Ses yeux eſtoient noyez d'vn Ocean de pleurs,
Son Ame n'eſtoit plus qu'vn Enfer de douleurs:
Elle fouloit aux pieds ſon Sceptre, & ſa Couronne;
Et comme vne Fureur que la rage aiguillonne,
Auec ſon propre fer elle s'ouuroit le flanc,
Et ne ſe baignoit plus que dans ſon propre ſang;
Lors que de Iupiter les Filles eternellss,
Qui ſeruent de refuge aux Ames criminelles,
Qui repouſſent l'effort des foudres rougiſſans,
Qui reſpandent par tout & le Nard, & l'Encens,
Qui découurent aux Dieux les ſecrets de noſtre Ame,
Et volent dans le Ciel ſur des aiſles de flâme,

Abor-

Aborderent ainſi le Monarque des Dieux,
Les ſouſpirs en la bouche, & les larmes aux yeux.
Souuerain Directeur de toute la Nature,
Que ton ordre conduit, & non pas l'auanture,
Incomparable Autheur de tant d'effects diuers,
Recompenſe des bons, iuſte effroy des peruers;
Pere, c'eſt bien en vain que ta grandeur immenſe
Affecte entre tes noms celuy de la Clemence,
Si ta rigueur contraire à ce tiltre ſi doux
Trauerſe les humains des traits de ton courroux.
Dequoy t'auroit ſeruy d'auoir creé le monde,
D'auoir rendu par tout la terre ſi feconde,
D'auoir produit des fleurs, des fruits, & des rameaux,
D'auoir fondu l'argent de tant de claires eaux,
D'auoir coulé du feu dans tout ce qui reſpire,
D'auoir rafraiſchy l'air des ſouffles du Zephyre,
D'auoir pourueu le Ciel d'vn éclat nompareil,
D'auoir logé la Lune au deſſous du Soleil;
Enfin ſur le Patron de ta diuine Image
D'auoir compoſé l'homme, & formé ſon viſage,
Si toutes ces Beautez ne flattoient plus ſes ſens,
Et ſi Mars luy volloit ſes plaiſirs innocens?
Si tu balances tout au poids de ta Iuſtice,
Si tu veux égaler le chaſtiment au vice,
Si tu confonds tous ceux qui negligent ta loy,
Qui pourra deſormais paroiſtre deuant toy?
L'Europe ſeulement ne ſera point deſtruite,
Le funeſte mal-heur où ta main l'a reduite
Dans vn meſme cercueil le reſte abyſmera;
Alors, Pere, dy nous qui te reclamera?

L

Tu n'auras plus d'autels , de feux , ny de victimes ,
La vertu sera morte aussi bien que les crimes ;
Perdant toute la terre auec tous les humains ,
Les bons ne seront plus couronnez de tes mains ;
Et si tu n'entends plus tant d'estranges blasphémes ,
Tu n'oyras plus aussi tes loüanges suprêmes.
Seigneur , sauue ton Peuple , & qu'vn trait de pitié
Estouffe dans ton sein ta iuste inimitié.
S'ils ont franchy les loix que tu leur as prescrites ,
Tu les as bien punis selon leurs demerites.
Maintenant qu'ils n'ont plus que les Cieux pour objets ,
Traite-les comme vn Roy qui cherit ses sujets ;
Escarte les horreurs de ces fieres tempestes ,
Qui depuis si long-temps pendent dessus leurs testes ;
Et dissipant la nuict de ces troubles esbais ,
Fay luire dessus eux le beau iour de la PAIX.

C'est ainsi que parloient les PRIERES *zelées*
Pour le commun repos des Ames desolées ;
Leur Pere en fut touché d'vn sentiment humain ,
Et le foudre vengeur luy tomba de la main.
Lors de ces yeux diuins dont il void toutes choses
Que la Nature tient secrettement encloses ,
Il iette sur la terre vn regard adoucy ,
Et void en vn moment tout ce qu'on fait icy.
Il void ceux d'Albion , dont l'iniuste entreprise
Vouloit ioindre la Seine auecque la Tamise ,
Blasmer couuertement ce superbe dessein
Qu'vn Demon de faueur leur coula dans le sein.
Il le void estendu sur la riue deserte ,
Plus craint apres sa mort , que plaint apres sa perte.

Il voïd loüer par tout la puiſſance du bras
Qui mit ce grand Coloſſe & ſon orgueil à bas.
Il voïd le beau Soleil de la terre Albionne,
Digne heritier du Roy dont il tient ſa couronne,
Tantoſt ſe vouloir mettre à la mercy des flots,
Et tantoſt ſouhaiter le calme du repos.

Il voïd d'vne autre part nos Trouppes infidelles
Loger le deſeſpoir dedans leurs Citadelles,
Sur la Rebellion fonder tout leur appuy,
Meſcognoiſtre leur Prince , & s'oppoſer à luy;
Trauerſer ſes deſſeins , & d'vne ardeur mutine
Rallumer le flambeau d'vne guerre inteſtine,
Attirer deſſus eux les funeſtes dangers,
Qui menaçoient deſia les Peuples eſtrangers,
Nos Armes diuertir dont la pointe foudroye
Tous ces Monts orgueilleux qui bornent la Sauoye,
Se creuſer des tombeaux , nous cauſer des regrets,
Et ioindre à nos Lauriers de funebres Cyprés.

Il voïd vn RICHELIEV *le Phœnix de cét aage,*
Produire des effects dignes de ſon courage,
Plein de zele & d'amour reſtablir en tout lieu
Le ſeruice du PRINCE, *& la gloire de Dieu.*
Il cognoiſt ſon Eſprit dans les choſes paſſées,
Et ſondant iuſqu'au fonds ſes ſecrettes penſées,
Il voïd qu'apres les ſoins d'vn Monarque indompté,
Noſtre ſalut dépend de ſa proſperité;
Qu'il n'a dans ſes deſſeins d'autre but que la gloire
D'enrichir de ſon nom les Tableaux de l'Hiſtoire,
De rendre ſa vertu plus forte que les ans,
De ſeruir de lumiere à tous les courtiſans;

Et dedans vne PAIX *d'eternelle durée,*
De faire encore luire vne saison dorée.

  Il void tournant les yeux vers vn autre costé,
Dans le pompeux enclos d'vne riche Cité,
La Merueille de l'Arne , & l'ornement du Tage,
Aux pieds des Immortels embrasser leur Image ;
Espandre mille vœux , mille cris innocens,
Qui volent dans le Ciel sur des globes d'Encens.
Il void ces deux Soleils couronnez de loüanges,
Qui possedent le zele & la beauté des Anges,
Monstrer que rien ne manque à leur deuotion,
Puis que rien ne defaut à la perfection.
Dés qu'vn nouueau Courrier aborde ces deux Reines,
Il void que nostre sang se glace dans nos veines,
Qu'vn frisson nous assaut , que nous tremblons d'horreur ;
LOVIS est le sujet d'où part nostre terreur.
Las ! nous craignons pour luy que la chance des armes,
N'arrose encor les Lys des ruisseaux de nos larmes ;
Nous sçauons bien qu'il est d'vn courage boüillant,
Qu'il n'aime rien au prix du bruit d'estre vaillant,
Que son Ame est d'honneur & de gloire animée,
Qu'il est comme le Chef la main de son Armée,
Que pour nostre salut il prodigue le sien,
Qu'il ne craint point le mal s'il nous cause du bien ;
Et quoy qu'il ait vn cœur qui soit incomparable,
Il n'a pas toutesfois vn corps inuulnerable.

  Ce Dieu void d'autre part ce PRINCE *resolu*
Où le Ciel l'a fait Roy de s'y rendre absolu ;
Il ne menace plus que de sang & de corde
Ceux qui n'ont point recours à sa misericorde ;

Comme vn Torrent coulé de la cime d'vn mont,
Pour fondre fur Priuas il quitte le Piémont.
Il eſtonne Pluton de ſes creuſes tranchées,
De carnage & de ſang les plaines ſont ionchées;
Ses boulets enflammez, volans de toutes parts
Mettent la ville en feu, deſtruiſent ſes remparts;
D'vn & d'autre coſté les trompettes s'entonnent,
Toute choſe en fremit, les Aſtres s'en eſtonnent.
LOVIS ſeul eſt ſans peur, le courage luy bout,
Il penſe tout pouuoir, parce qu'il oze tout;
Ses Palmes ſont de ſang & de meurtre couuertes,
C'eſt dedans les perils qu'il les trouue plus vertes;
Il porte plus de morts qu'il ne porte de coups,
Et rend de ſa valeur les Dieux meſmes ialoux.
A la fin tout luy cede, & ſes Armes Royales
Abbatent deſſous luy ces Trouppes deſloyales;
Il calme tous les vents qu'ils firent émouuoir,
Et rangeant ces Mutins aux termes du deuoir,
De ſi puiſſans effects ſa valeur eſt ſuiuie,
Que tout homme l'admire, & Iupiter l'enuie.

   Ce grand fils de Saturne ayant conſideré
Du ſiege le plus haut de l'Olympe azuré,
Les ſecrets que chacun celoit en ſon courage,
Fit appeller la PAIX, & luy tint ce langage.

   O le plus doux Eſpoir de la terre, & des Cieux,
Vnique reconfort des hommes & des Dieux,
Ma fille dont l'objet flatte ce que ie crée,
Qui ne vois rien d'égal à ta pompe ſacrée,
Sçache que les Mortels, guidez d'vn zele ardant,
Ont deſarmé mon bras du tonnerre grondant;

Leurs Prieres fans doute ont de plus fortes armes;
Ie n'ay peu reietter leurs fouƒpirs, ny leurs larmes.
Quoy que leurs crimes foient crimes à condamner,
Il ne m'en fouuient plus que pour leur pardonner.
Ie change en amitié les excés de ma haine,
Ie veux que les plaifirs fuccedent à la peine;
Et comme leur orgueil prouoquoit mon courroux,
Leur zele m'a rendu plus traittable & plus doux.
C'eft pourquoy pren ton vol tout droit vers cette terre
Qui fournit de theatre aux Fureurs de la guerre;
Chaffe dans les Enfers ces Monftres irritez,
Qui changent en deferts les lieux plus habitez;
Dont les bouches de fer vomiffent vne foudre,
Qui force les remparts & reduit tout en poudre.
Remets dans le fourreau tous ces glaiues tranchans,
Qui pauent de corps morts les villes & les champs,
Ioins les cœurs diuifez d'vne eftroite alliance,
Eftouffe dans leur fein toute leur deffiance,
Fay rendre à chacun d'eux ce qu'il doit à fon Roy;
Qu'ils gouftent le repos que l'on trouue chez foy,
Qu'ils aiment la Vertu, qu'ils craignent la Iuftice,
Et ne fe bandent plus finon contre le vice.
  Ainfi dit Iupiter, dont tout le firmament
Treffaillit d'allegreffe & de rauiffement,
Comme alors qu'il parloit le Démon du filence
Fit reffentir par tout fa douce violence;
Le Zephyre arrefta fon haleine & fa voix,
Les oyfeaux par refpect fe teurent dans les bois,
Thetis retint plus court le reflus de fon onde
Que quand vn Alcyon met fes petits au monde.

Tandis ce doux objet de la terre & des Cieux,
Obeïssant aux loix du Monarque des Dieux,
Prend congé de son pere, & son aisle azurée
L'emporte tout d'vn coup loin du Ciel Empyrée.
    Par tout où la Deesse estalle sa beauté,
Le iour perce la nuë, & dore sa clarté;
Le baume, le iasmin, le thin, la marjolaine,
Parfument l'air d'autour d'vne soüeve haleine.
Zephyre couronné de roses & de lys,
S'enuole dans le sein de sa chere Phillis.
Les Tygres ne sont plus esguillonnez de rage,
Les serpens adoucis ne font plus de rauage;
Les bois ne couurent plus aucune trahison,
Les champs ne portent plus d'aspic ny de poison.
Tout est semé d'appas, tout est remply de charmes,
Les plaisirs ne font plus entre-meslez de larmes,
Le cœur le plus cruel incline à la pitié,
Chacun souspire apres son aimable moitié;
La Palme genereuse au Palmier se marie,
L'herbe flatte les fleurs au sein de la prairie,
Le feüillage ondoyant des petits arbrisseaux
Charme d'vn doux babil les Nymphes des ruisseaux,
L'orme de ses bras verds embrasse le lierre;
Bref la P A I X, & l'Amour regnent dessus la terre.
Ainsi quand Apollon visite sa Delos,
Neptune en sa faueur calme l'air & les flots;
Les fleurs naissent aux prez, les plantes raieunissent,
L'eau ne bruit que son nom, les oyseaux le benissent;
Tout rit à sa venuë, & les rayons du iour
Ne quittent qu'à regret cét aimable sejour.

Apres tous les destours d'vne longue carriere,
La PAIX *faict dedans Londre éclatter sa lumiere;*
Et se monstrant aux yeux, elle touche les cœurs
D'vn violent desir d'appaiser leurs rancueurs,
De reconcilier les trouppes mutinées,
Et de couler enfin de paisibles iournées.
Tout ce peuple du Nort, mettant les armes bas,
Sent refroidir l'ardeur qui le mene aux combas,
Et n'est pas vn d'entr'eux qui n'ait dans la pensée
Je ne sçay quelle horeur de sa faute passée.
CHARLES, *ce puissant Roy, sent son Ame saisir*
D'vn secret mouuement d'amour, & de plaisir.
Il estouffe en son cœur sa colere & sa haine,
Et ne songe à rien plus qu'à posseder sa Reine;
Sa grace, & ses appas, ses charmes innocens,
Sont les plus doux objets qui luy flattent les sens.
Il reuere les Lys, dont la beauté l'oblige
D'en caresser la Fleur, & d'en aimer la Tige;
Et croit que c'est vn poinct contraire à la douceur,
D'estre ennemy du Frere, & de cherir la Sœur.
Plein d'vn si beau desir il commet vers ce Prince
L'vn des sages Milors qui regle sa Prouince,
Qui couuert d'oliuiers, l'œil gay, libre d'ennuy,
Vient demander la PAIX *qu'il remporte chez luy.*

Voila les premiers fruicts dont la Nymphe immortelle
Voulut fauoriser ce peuple amoureux d'elle;
Comme elle en est contente, il en est satisfaict.
Il en prise la cause, il en gouste l'effect;
Il en rend grace au Ciel, & par tout dans ses ruës,
Les marques de sa ioye éclattent dans les nuës.

Le

Le Ciel brille d'éclairs , & la terre de feux,
Ce ne font que des ris , ce ne font que des ieux;
La Tamife en foufrit , & des bords de fon onde
Ses Cygnes font fçauoir fa gloire à tout le monde.
Apres auoir ainfi par le vague des airs
Trauerfé des rochers , des fleuues , & des mers,
Qui fembloient s'amolir , & repouffer l'orage
Dés que la PAIX *fur eux efbranloit fon plumage;*
Cefte fille du Ciel , cefte Diuinité,
De qui feule dépend noftre felicité,
Pleine de cette ardeur qui bout dedans fes veines,
Vient fondre comme vn vent dans le fein des Seueines.
Là fon regard fléchit ces Efprits obftinez,
Qu'vn faux zele rendoit contre elle mutinez.
Ils deteftent leur crime , & mettans bas les armes,
Le cœur plein de fanglots , les yeux noyez de larmes,
Se viennent profterner aux pieds de ce GRAND ROY,
Qui nous fournit d'exemple auffi bien que de loy;
Implorent fa mercy , le cognoiffent pour Maiftre,
Et fe témoignent tels qu'ils deuroient toufiours eftre.
Ainfi quand l'Ocean bouleuerfe fes flots,
Qu'il furmonte la force & l'art des Matelots,
Que l'Amant fourcilleux de la belle Orithie,
Quittant l'affreux climat de la froide Scythie,
Les efleue tantoft iufqu'au deffus des airs,
Et tantoft les abyfme au centre des Enfers;
Si Neptune paroift fur la face des ondes
Dans fon Char attelé des Phocques vagabondes,
Æole incontinent appaife fa fureur,
Cét Element n'a plus vn vifage d'horreur;

M

Son onde s'applanit, ses mortels precipices
N'ont plus pour les vaisseaux que des routes propices,
Son orage se calme, & les mignards Zephirs
Flattent les Nautonniers du vent de leurs souspirs.
De mesme la Déesse en quelque part qu'elle aille,
Tout le Ciel s'éclaircit, & la terre s'émaille,
Le vaincu recognoist la loy de son vainqueur,
Elle estouffe sa haine, & luy gagne le cœur,
Et de son doux lien finalement assemble
Ceux qui depuis long-temps ne pouuoient viure ensemble.
   Aussi ce grand Monarque à leurs cris fléchissant,
Et de son fier courroux l'aigreur adoucissant,
Pardonne leur erreur, & reçoit leur hommage,
Merueilleuse bonté digne de son courage!
Ils sentent sa douceur ainsi que ses bien-faits;
Et respirant comme eux le doux air de la PAIX,
Il esteint le flambeau de la guerre intestine,
Et creue sous ses pieds la Discorde mutine.
Mais pour monstrer combien cette PAIX *luy plaisoit,*
Et de nouueaux desirs dans son Ame attisoit,
Il quitte les sommets des Montagnes steriles,
Pour la conduire au sein de la Reine des villes.
Le peuple qui la void de l'esprit, ou des yeux,
Croit voir dessus la terre vn bel Ange des Cieux,
Leur peur s'éuanoüit, leur martyre s'appaise
Et leur estonnement est tesmoin de leur aise.
   Toy qui vois sous tes pieds les globes flamboyans,
Qui n'ornes point ton front des Lauriers verdoyans,
Dont les fraisles replis nos testes enuironnent,
Mais des feux eternels dont les Dieux se couronnent;

MVSE, *si iusqu'icy la splendeur de tes rais*
A paru dans cét Hymne auec quelques attraits,
Donne-moy le pouuoir ainsi que le courage,
De peindre deformais vne parfaite image
De tout ce que le Ciel fit iamais de plus beau;
Que ie charme les yeux d'vn spectacle nouueau,
Que traçant de la PAIX *le Triomphe supresme,*
I'eternise ma gloire, & triomphe moy-mesme;
Et qu'apres le Flambeau qui dore l'Vniuers,
Rien ne se puisse voir plus cognu que mes Vers.

   Et vous qui dans l'horreur des trauerses passées,
Et parmy les excés des fureurs insensées,
Sentistes tous les maux qui se vindrent offrir,
Et souffristes aussi tout ce qu'on peut souffrir;
Cessez de murmurer contre le cours des Astres,
Vous estes paruenus au bout de vos desastres;
Que la crainte & le deüil ne vous agitent plus,
Cét Ocean pour vous n'aura point de reflus.
Leuez les mains au Ciel, dont le soin vous octroye
De nager à souhait dans vn fleuue de ioye;
Et saluant la PAIX, *dont l'aimable bonté*
Vient vous rendre le bien qu'on vous auoit osté,
Contemplez son triomphe, & sa gloire en son lustre,
Puis qu'on ne vid iamais de pompe plus illustre.
Peuple, voyez sa suite auec tous ses appas,
Allez semer des fleurs au deuant de ses pas,
Et rendant vos Esprits & vos visages calmes;
Ombragez vos cheueux de Myrthes & de Palmes;
Couronnez de festons le front de vos Autels,
Faites luire par tout des flambeaux immortels,

M ij

Dont la viue splendeur efface la lumiere
Que le Soleil espand au fort de sa carriere.
  Receuez la Déeße, ô Peuple, la voicy,
Elle est moins belle au Ciel qu'elle n'est pas icy;
Voyez ses yeux brillants, dont la grace surmonte
Ceux qu'on adore en Cypre & dedans Amathonte;
Son visage est vn lys dont l'extréme blancheur
Emprunte d'vn œillet le teint & la fraischeur;
Son abord est courtois, & son front peu seuere
Luit d'vne Majesté qu'on aime & qu'on reuere;
Le ris est sur sa lévre, & dedans ses cheueux
L'Amour & le Zephyre inuentent mille ieux.
Au deßous des rayons qui luy ceignent la teste
Se courbe le rameau qui chaße la tempeste;
Et pour flatter nos cœurs elle remplit ses mains
De celuy dont Minerue obligea les humains.
Son dos est ombragé de plumes azurées,
Qui deßus les cerceaux de leurs aisles dorées,
Luy firent trauerser la carriere des Cieux,
Pour la rendre adorable à quiconque a des yeux.
  En ce superbe estat éclattante de gloire
La Déeße paroist sur vn siege d'yuoire,
Dans vn Char de triomphe artistement taillé,
D'Opales, de Rubis, de Saphirs esmaillé,
Bordé tout à l'entour d'ondoyantes crespines,
Qui ioignent à l'azur, l'or, & les perles fines.
Sur les plis de ce Char en boße releuez,
Respirent mille objets que Dedale a grauez.
On y void d'vne part les Filles de Celée,
Prince dont la bonté ne peut estre égalée,

Lasses d'auoir chaßé dans le sein des forests,
Dissiper les ennuis de la triste Cerés;
L'enleuer de sa grotte, & pleines d'allegresse
La rendre venerable aux Peuples de la Gréce.
Non gueres loin de là, comme vn nouueau Soleil,
Triptoleme s'esclost des ombres du Sommeil;
La ville d'Eleusine au poinct de sa naissance
Ne peut cacher l'excés de sa resioüissance;
Elle benit le Ciel, qui dans le temps préfis
Vient raieunir vn Pere en luy donnant vn fils;
A mesure qu'il croist tout le monde l'admire,
Il a plus de beautez qu'vn autre n'en desire,
Et deuient si remply de merite en effect,
Qu'on doute si les Dieux, ou les hommes l'ont faict.
Cerés meurt de desir que chacun le cherisse,
Elle est également sa Reine & sa Nourrisse;
Elle l'aime si fort, que pour l'amour de luy
Elle n'a plus au cœur l'objet de son ennuy.
Aussi dedans l'ardeur de son amour extresme
Elle luy fait vn bien qu'elle s'oste à soy-mesme,
Luy presente son Coche attelé de Serpens;
Vous diriez à les voir deçà delà rampans,
Que l'émail se détache, & quitte sa matiere
Pour trauerser les airs d'vne viste carriere.
Plus bas cette Déesse atteinte du soucy
De se rendre celebre, & Triptoleme aussi,
Luy communique l'Art qui peut rendre fertile
Le champ le plus desert & le plus inutile;
Luy monstre comme il faut les Taureaux atteler,
Pour cultiuer la terre & la renouueler,

M iij

Luy sillonner le flanc d'vne atteinte profonde,
Espandre dans son sein vne graine feconde,
Abbatre les moissons , les gerbes enlacer,
Les Espics échappez l'vn sur l'autre entasser,
Les mettre sous le fleau comme sous la torture,
Et puis les conuertir en nostre nourriture.
    On void d'vne autre part sur ce Char triomphant
La Réyne de Cythere embrasser son Enfant,
Et sur vn lict de fleurs nouuellement écloses,
Ombrager ses cheueux d'vn nuage de roses.
Prés de là des Bergers conduisans leurs troupeaux
Dedans le sein des prez , & sur le bord des eaux,
Semblent prester l'oreille aux Chansons inégales
Que la Nature inspire aux gentilles Cigales.
Icy l'on void des socs , là des coutres tranchans,
Icy l'on void des bois qui couronnent des champs ;
Là de petits ruisseaux , dont les sources fecondes
Traisnent sur des fleurs d'or le crystal de leurs ondes.
Icy mille Bergers qui prennent leurs esbas,
Font trembler en dançant la terre sous leurs pas,
Cependant qu'vn troupeau de Pucelles cheries
Augmente leurs beautez de celles des prairies.
    Là d'vn autre costé s'enfle vne Mer d'argent,
Dont les paisibles flots ne vont rien submergeant ;
Tout est calme sur elle , & pas vn ne souspire
Si peut-estre ce n'est quelque amoureux Zephire,
Qui roulant sur les eaux qu'il frise à petits plis ,
Se resioüit de voir tous ses vœux accomplis.
Icy de grands vaisseaux tous blanchissans de voiles,
Voguent sous la faueur du iour & des Estoiles ;

Aquilon s'en escarte, ou s'il faict quelque effort ;
C'est pour les faire ancrer plus viſtement au port.
Là de moites Tritons à l'eschine escaillée,
Des Nymphes aux yeux vers, à la treſſe esmaillée,
Tous le cornet en bouche animent des Chanſons
Qui font dancer les flots au branle des poiſſons ;
Et le tout eſt orné d'vne telle ſculpture,
Que tous les traits de l'Art y paſſent la Nature.

Au plus haut de ce Char ſous vn Dais azuré
Paroiſt ce puiſſant R O Y *dans la France adoré ;*
Son habit eſt de pourpre, & d'vne hermine franche
Qui paſſe en pureté la neige la plus blanche.
Mille fleurs de lys d'or eſtincellant deſſus
Attirent les regards ſur leurs replis boſſus ;
Mais que le vif éclat de tant de broderies
Cede à ſon Diadême orné de pierreries !
Vn Sceptre redouté luy branle dans la main ;
Il a le cœur d'vn Dieu ſous vn viſage humain,
Et monſtre toutesfois dans vne mine auſtere
Qu'il faut que toſt ou tard on luy ſoit tributaire.
Tel d'vn docte pinceau ce Peintre ingenieux
Peignit vn Iupiter dans le throſne des Cieux,
Lors que ſon bras armé des pointes du tonnerre
Menace iuſtement les crimes de la terre.

Sur vn ſiege plus bas, en ſuperbe appareil
Esclatte R I C H E L I E V *ſous vn chappeau vermeil.*
Il n'eſt point de dangers que ce fameux Pilote
N'ait touſiours eſcartez bien loin de noſtre flotte.
Il cognoiſt ſans faillir la carte des Eſtats ;
Et donnant de l'enuie à tous les Potentats,

Il borne ses desirs à leur faire cognaistre
Qu'il aime la grandeur puis qu'il aime son Maistre.
　Puisses-tu, Grand Heros, le seruir tellement
Que ton heureux aspect soit tout son Element;
Qu'à iamais sa faueur esclairant tes pensées
Serue de recompense à tes peines passées.
Puisses-tu voir encor tout le monde auec toy
Ne reuerer qu'vn Dieu, ne cognoistre qu'vn Roy,
Regler ses actions à celles de ta vie;
Puisses-tu faire enfin confesser à l'Enuie,
Que parmy les grandeurs dont tu fus reuestu
Ta fortune est encor moindre que ta vertu.
　Mais, ô mon doux Espoir, quel excés de lumiere
Me fait sortir ainsi de ma route premiere?
Qui change malgré moy le sujet entrepris?
Muse, mon cher soucy, rassemblons nos esprits,
Moderons la chaleur du feu qui nous possede;
Le iugement-defaut où trop d'amour excede.
Reprenons le dessein que nous auons laissé,
Mettons les derniers traicts au Portraict commencé;
Et dedans le Tableau d'vn superbe Trophée,
Esgalons nostre Plume à la lyre d'Orphée.
　Six Coursiers animez d'vn âge vigoureux
Traisnent également ce beau Char apres eux;
Et benissans le Ciel de leur voix hennissante
Marquent cét heureux iour d'vne humeur blanchissante;
Leur crin flotte à long plis mollement agitez,
Sur leurs yeux éclattans, sur leurs cous marquetez;
Et conduisans leurs pas d'vne démarche fiere
Esleuent autour d'eux mille flots de poussiere.

Vn

Vn ieune Enfant pourueu d'vn luſtre nompareil,
Plus gay que le Printemps, plus beau que le Soleil,
D'vne adreſſe incroyable heureuſement les guide,
Et ſelon ſon vouloir ſerre & laſche leur bride,
De qui les boucles d'or, & l'émail precieux
D'vne flâme ſubtile esblouïſſent les yeux.
    Vn peu deuant ce Char en pompe ſolemnelle
Marche d'vn pas égal vne trouppe eternelle
De Nymphes & de Dieux, qu'embraſé de courrous
Mars auoit mis en fuite, & banny d'auec nous.
Là ſe void le deſir de chaque creature,
Le lien precieux de toute la Nature,
La Concorde qui tient dans l'vne de ſes mains
Le faiſſeau qui marquoit la grandeur des Romains,
Et dans l'autre vn Palmier, dont les branches nouuelles
Cachent ſous leur feüillage vn pair de Tourterelles.
Là chemine la Foy, dont les ſimples humeurs
Monſtrent à découuert ſes innocentes mœurs;
Là rid la Volupté, là ſaute l'Allegreſſe,
Et là l'Hymen s'allie au Ieu qui le careſſe.
    A quelques pas de là, ces trois diuines Sœurs,
Dont l'haleine reſpire vn Printemps de douceurs,
Toutes d'aage pareil, bras à bras enlacées,
D'vn viſage ſemblable & de meſmes penſées,
Marchent ſuperbement, & rauiſſent nos yeux
De ces meſmes Beautez qui rauiſſent les Dieux.
Quelque part qu'elles ſoient, Amour les enuironne;
Non pas l'aueugle Dieu qui n'épargne perſonne,
Qui perce & bruſle tout de ſes feux, de ſes traits,
Qui ſeduit la raiſon auec de faux attraits,

N

Et qui loin de l'éclat de la voûte Empyrée
Nasquit honteusement des ieux de Cytherée;
Mais ce Dieu clair-voyant qui de liens diuers
Vnit toutes les parts qui forment l'Vniuers,
Qui sortit le premier de la masse premiere,
Qui mit le iour au monde, & le monde en lumiere,
Qui voûta tous les Cieux, regla leurs mouuemens,
Qui designa le lieu de tous les Elemens,
Et qui continuant l'ordre de la Nature
Nous fait reuiure enfin dans la race future.

COLLETET.

POVR LA REYNE

REPRESENTANT IVNON,

AV ROY.

PRINCE à qui le Destin mille Lauriers appreste,
Ce n'est point pour former l'orage & la tempeste,
Que i'ay laissé courir les vents de toutes parts,
Ie leur donne congé d'aller par tout le monde
Enfler sur la terre & sur l'onde
Vos voiles, & vos Estandars.

BOISROBERT.

SONNET
A LA REYNE
SVR LE RETOVR DV ROY.

QVE desirez vous plus ô REYNE inimitable?
Quels vœux auez-vous plus à faire à l'auenir,
Si ce n'est que le Ciel nous veüille entretenir
Le repos que nous donne vn ROY si redoutable.

Le voicy de retour ce Monarque indomptable,
Qui fait de tous costez sa Iustice benir,
Et qui des grands Heros va la gloire ternir,
Si l'on prend son histoire vn iour pour veritable.

Il a purgé l'Estat de ses maux intestins,
Il a dans leur deuoir ramené les Mutins,
Ha de ses voisins reprimé l'insolence;

Bref ceux qui sont encor sous le ioug souspirans,
Apellent à son Trosne, & toute violence
Cesse par sa menace, où regnent les Tyrans.

BOISROBERT.

N ij

LA
FRANCE GVERIE
AV ROY.
ODE PREMIERE.

EST-CE de droit ou d'auanture
Qu'on a par tout vn mesme sort,
Et qu'on treuue aussi-tost la mort
Sous le drap d'or, que sous la bure ?
La Parque, qui n'a pas appris
En quoy les vulgaires esprits
Different des ames illustres,
Dispense aussi peu de ses loix
Les lits entourez de balustres,
Que le chaume des villageois.

C'est ainsi que sur vn riuage
On treuue aussi bien l'ambre-gris,
Comme on fait les éclats pourris
De quelque reste de naufrage ;
Que le vent s'attaque aux forests,
Aussi-tost qu'aux ioncs des marets,
Et que d'vne rigueur égale
La neige des froides saisons
Tombe sur la Place Royale,
Et sur les Petites Maisons.

Ainſi dans ces riches maſures,
Où Rome n'a plus rien de ſoy,
Que la ſolitude & l'effroy
D'vn champ peuplé de ſepultures;
Les Eſclaues & les Ceſars
Giſent ſous les meſmes rampars,
Et dans les reſtes d'vn Theatre
On treuue ſouuent enterré
Quelque vieux Satyre de plaſtre
Auprés d'vn Coloſſe doré.

Pour le moins ſi les mains des Parques
Ne touchoient que ces Vicieux,
Dont la vie eſt vn fleau des Cieux,
Et pardonnoient aux bons Monarques;
Ce ſeroit ſans eſtonnement,
Que par vn iuſte changement
On verroit tomber ſous la roüe,
Ceux qui deſſous vn dais royal
Sont ainſi que dès Dieux de boüe
Dedans des niches de criſtal.

Mais eſt-il vertu ſi diuine
Qui nous diſpenſe du bucher?
L'Hyuer ne fait-il pas ſecher
La palme auſſi-toſt que l'eſpine?
La nuiĉt dure autant que le iour,
L'Aigle meurt comme le Vautour,
Et ſans donner rien au merite,
Le bac où commande Charon
Porte ſouuent ſur le Cocyte
Vn Alcide auec vn Neron.

Or sans deterrer de l'Histoire,
Et des Siecles qui ne sont plus,
Des tesmoignages superflus,
D'vne iniustice trop notoire,
Mon Roy, l'exemple des bons Roys,
N'a t'-il pas vû depuis deux mois
La Mort toucher son Diadéme,
Et trauerser mille Guerriers,
Pour venir planter elle-mesme
Les Cyprés entre ses Lauriers?

Cependant est-il rien sur Terre
Plein de miracles comme luy?
Son Ange est-il pas auiourd'huy
Dieu de la Paix & de la Guerre?
Qui ne sçait point que sa Valeur
A si bien finy le mal-heur
De nos pratiques effroyables,
Qu'à present nos rebellions
N'ont plus de lieu, qu'entre les fables
Des Hydres, & des Geryons?

Cét exploict d'eternelle marque,
Qui luy cousta si peu de temps,
Eust-il tenu moins de cent ans
Tous les Illustres de Plutarque?
Et si son courage indomté
N'eust mieux aimé que sa bonté
Le gouuernast que la Victoire;
Quel monstre eust gardé ce Iason
Qu'il n'adioustast à son histoire
L'auanture de la Toison?

D'ailleurs sa clemence a des charmes
A gagner les plus factieux,
Et les conquestes de ses yeux
Preuiennent celles de ses armes;
Sa vie est la reigle des Roys,
Ses bons exemples & ses loix
Ont fait du Louure vne Cour saincte,
Où la Iustice a son Autel,
Et la Valeur regne sans crainte
Sous la forme d'vn Roy mortel.

Toutesfois ce grand Exemplaire
Du present & de l'auenir,
S'est vû sur le point de finir
Par la mort d'vne ame vulgaire;
Et Pluton qui se plaist si fort
A mesler en vn mesme sort
Les testes d'or aux pieds d'argile,
Des-ja deux fois a concerté
De renuerser en cét Achille
La Iustice & la Liberté.

Tel qu'apres vn cruel orage
Le vaisseau que les matelots
Ont sauué de l'ire des flots,
Chancelle encor dans le riuage:
Le vent qui n'en peut approcher
En murmure sur vn rocher,
Et les Dieux peints dessus sa prouë
Tremblent eux mesmes sous l'effort
De la vague, qui les secouë
De dépit de les voir au port.

Telle en cette guerre derniere,
Où le mal qu'a souffert mon ROY
Nous a mis au cœur plus d'effroy,
Que tous les peuples de l'Ibere;
La France a vû son iugement
Si transporté d'estonnement,
Que dans la nuict de sa pensée
Le triste objet de son mal-heur
La tient encore balancée
Entre l'espoir & la douleur.

En effet depuis la iournée,
Où les LYS *nous vindrent des Cieux,*
Iamais vn coup plus furieux
N'ébranla nostre destinée:
Non pas mesme quand de leurs bors
La Somme & le Clin pleins de morts
S'allerent plaindre chez Neptune,
De l'orgueil dont les Edoüars
Vouloient mettre nostre fortune
Sous les pieds de leurs Leopars.

Aussi cette fiévre homicide
Estoit vn essay de l'Enfer,
Qui pensoit sans flâme & sans fer
Venir à bout de nostre Alcide:
Son danger estoit euident,
On croyoit que cét accident
Renuerseroit en vne crise,
Ce qu'en dix siecles de combas
Le Rhin, le Tage, & la Tamise
N'ont encore pû mettre à bas.

Le

Le bruit d'vn mal-heur si funeste
Estoit pour faire plus de mal
Dedans Mantouë & dans Casal,
Que la famine ny la peste :
Et si le Serpent des Lombars
En siffla d'aise en ses rempars,
Le Po d'ailleurs en fut en peine,
Se voyant priuer en vn iour
De tous les gages, dont la Seine
Auoit recherché son amour.

Toyras mesme dont les victoires
Ont vsé ce fameux Gennois,
De qui l'esprit & les exploits
Remplissoient toutes les Histoires ;
Quoy qu'il vist deuant ses fossez,
Dans vn camp de monts terrassez,
La Castille & la Lombardie,
Ne se crût pourtant assiegé,
Que de la seule maladie,
Dont son Prince estoit affligé.

D'autre part les Reynes surprises
D'vn mal qu'on voyoit sans secours,
Estoient pour donner à nos iours
Deux memorables Artemises,
Leur douleur émouuoit les Cieux,
Desia sur les bords de leurs yeux
Leurs esprits ennuyez de viure,
Deliberoient auec leur foy,
S'ils deuoient preuenir, ou suiure
Les funerailles de mon ROY.

O

Comme en cette eclypſe derniere,
Que ſouffrit le Pere du iour,
Au point qu'il prenoit le détour,
Qui fait le bout de ſa carriere :
Tout le monde trembloit pour luy,
La terre paſliſſoit d'ennuy,
Et tous ces beaux peuples de Flâmes,
Qu'il a couſtume de nourrir,
Offroient la moitié de leurs ames
A qui le viendroit ſecourir.

Luy d'vne démarche hardie
S'auançoit tandis vers la nuiĉt,
Sans s'épouuanter pour le bruit
Qu'on faiſoit de ſa maladie :
Et quoy qu'en cette extremité
Il n'euſt qu'vn reſte de clarté,
Encor éclairoit-il au monde,
Et conſideroit ſans paſlir,
Le tombeau que le Dieu de l'onde
Preparoit pour l'enſeuelir.

De meſmes en cette auanture,
Mon ROY ſeul regardoit ſon port
Auſſi ferme que ſi la Mort
Ne l'euſt approché qu'en peinture ;
Il parloit de ſon monument,
Comme il euſt fait d'vn baſtiment,
Et diſpoſoit ſes funerailles
Auecque pareille froideur,
Que s'il euſt receu dans Verſailles
Les deuoirs d'vn Ambaſſadeur,

Et bien déloyale Meurtriere,
Oseras-tu porter les mains
Sur ce chef, de qui tant d'humains
Tiennent la vie & la lumiere?
Verrons-nous mourir ses Vertus,
Sans que leurs lauriers abbatus
Les puissent sauuer de ta foudre,
Ny que les soins de RICHELIEV
T'empeschent de reduire en poudre
Cette viue Image de Dieu?

Victorieuse Intelligence,
RICHELIEV *ton puissant esprit*
Où pense t'-il qu'il ne guerit
Cette fatale violence?
C'est icy qu'il faut faire voir,
Que Dieu t'a donné le pouuoir
De suspendre nos destinées,
Et qu'il entend que ton conseil
De nos iours face des années
En arrestant nostre Soleil.

Mais quoy? tes profondes pensées,
Dont les infallibles ressors
Faisoient mouuoir tant de grands corps,
Ne sont plus qu'ombres effacées;
Ton esprit quoy que tout parfait
Glacé par un contraire effet
De l'ardeur qui brusle ton Maistre,
Monstre assez dans sa passion,
Qu'au moins les Anges peuuent estre
Malades par contagion.

Non , c'en est fait, la Mort recule,
Ses yeux où se forme la nuict
N'ont pû souffrir le iour qui luit
Dessus le front de nostre Hercule :
Mon ROY reconnois ton pouuoir,
Donne toy le plaisir de voir
La déroute de cette infame ,
Et voy comme à ta seule voix
Ses outils de fer & de flâme
Tremblent de peur dans son carcois.

Adore cette Panacée,
Qui fait de sa Diuinité
Vne seue d'eternité
Dans ton ame à demy passée,
C'est luy ce beau Pain des Elûs
Qui reioint tes membres perclus;
Et tes puissances reuenuës
S'estonnent qu'en vn mesme lieu
Elles se treuuent soustenuës
D'vne grande Ame , & d'vn grand Dieu.

ODE
SECONDE.

A Ce coup la France respire,
Les flots mesmes *&* les brisans
Font gloire d'estre complaisans
Au repos de nostre nauire :
Le vent a perdu son effort,
Le calme nous appelle au port,
Et l'on n'entend plus dessus l'onde,
Qu'vn chant d'Alcyons réioüis
De la santé que tout le monde
Reçoit en celle de LOVYS.

    Mais d'où nous vient cette bonace ?
Ie voy que ce fier Element
S'humilie au commandement
D'vn Demy-dieu qui le menace ;
Les rochers que l'onde *&* le vent
Auoient noyez auparauant
Dedans l'écume des tempestes,
Montent sur la mer à leur tour,
Et sechent leurs humides testes.
Aux rayons de ce nouueau iour.

               O iij

Est-ce vous Astre de la France?
Sont-ce vos yeux que nous voyons?
Où bien si ces diuins rayons
Sont ceux de vostre Intelligence?
Non, c'est luy, le voicy dans l'air,
Qui témoigne par vn éclair
Qu'vn Soleil preßé de l'orage
Peut s'éclipser & se couurir;
Mais qu'il n'est broüillard ny núage,
Qui le puisse faire mourir.

Tel qu'il parut sur la Charante,
Quand auecque mille vaisseaux
Trois Isles passerent les eaux
Pour secourir leur Confidante:
Deuant luy l'Anglois repoußé
N'osoit se fier au foßé
De la grande Mer qui le couure,
Et pour cacher ses Leopars,
Toutes les falaises de Douure
Luy sembloient de foibles rampars.

Tel auiourd'huy dans l'asseurance
De sa soudaine Guerison,
Il monte sur nostre orizon,
Et redonne l'ame à la France:
La Victoire & la Maiesté
L'ont reuestu de leur clarté;
Et pour honorer sa venuë
Le iour accrû de ses appas,
Peint autour de luy dans la nue
Tout le succés de ses combas.

Ces amas de pointes perdues,
Qui dans vn meſlange diuers
De corps tranſparans & couuers
Troublent leurs maſſes confondues;
Ce ſont ces Monts audacieux
Dignes buttes du feu des Cieux,
Dont les teſtes abandonnées
Aux derniers foudres de mon ROY,
Ont fait iuſques aux Pyrenées
Paſſer leur honte & leur effroy.

Là meſme ie voy cette terre,
Dont les épouuantables tours
Laſſent les aiſles des Vautours,
Et font peur au feu du tonnerre;
Ce ſont ces pays de combas,
Où nos gens ont moins fait de pas,
Qu'ils n'ont forcé de barricades,
Ayans à vaincre en vn Eſté
Ce qu'en dix vn camp d'Encelades
Euſt bien à peine conqueſté.

Quel eſt ce combat de nuages?
D'où vient ce braue Champion,
Qui remplit de confuſion
Tout ce camp de paſles Images?
Je voy qu'au ſeul nom de LOVIS
Ceux-là tombent éuanoüys,
Et que des bleſſures infames
De leurs Feintes mortes de peur
Il ſort au lieu de ſang & d'ames,
Force éclair & force vapeur.

C'est sans doute cette meslée
Si fatale à nos ennemis,
Où tout le Piémont fut sousmis
Dans le détroit d'vne vallée :
Du costé des Victorieux
Mille traits dorez vont aux Cieux
En allumer des feux de ioye,
Tandis que la Dore en ses eaux
Prepare à l'Aigle de Sauoye
Vne cachette de roseaux.

L'Espagne, la Faim, & la Guerre
Se terrassent d'autre costé,
Comme si dans cette Cité
Elles bloquoient toute la terre :
Leurs superbes retranchemens
Ont consumé les Elemens,
Et les campagnes que leurs mines
Ont ouuertes aux yeux des morts,
Manquent de lieu pour leurs machines,
Et de matiere pour leurs forts.

Toutesfois c'est peine perduë,
Si leur camp ne va iusqu'aux Cieux,
En nos gens les bras & les yeux
Ont vne pareille estenduë :
Je voy secher dans ces fossez
Comblez de morts & de blessez
Tout ce qu'en trente ans de conqueste
Spinola cueillit de Lauriers,
Et Toyras vaincre en vne teste.
Breda, Berg, Ostende, & Iulliers.

Enfin

Enfin Cazal eſt à la France,
Schomberg arriue à ſon ſecours,
Ie ne voy redoutes ny tours,
Qui ne tombent à ſa preſence :
Ces braues, qu'on diſoit pouuoir
Tout aſſieger & tout auoir,
Donnent, contre leur ordinaire,
La victoire pour vn accort,
Aimant mieux vuider cette affaire
Par leur fuite, que par leur mort.

Les triſtes filles de Climene
Semblent à cét euenement
Reprendre auec le ſentiment
Tous les traits d'vne forme humaine;
Le Po meſme depüis ſes bors,
Voyant les trauaux & les forts
Qu'auoient éleuez ces Coloſſes,
Iure qu'il ira les noyer,
D'euſt-il s'abiſmer en leurs foſſes,
Si Dieu tarde à les foudroyer.

A ce coup il eſt legitime,
Que la Victoire & la Santé
Reçoiuent de châque Cité
Quelque memorable Victime :
Peuples venez aux pieds du Roy
Immoler la crainte & l'effroy
De cette auanture tragique,
Et voyez dans quel diamant
La Reconnoiſſance publique
Pourra viure eternellement.

P

Si ie connoiſſois la Peinture,
Cette belle Muſe ſans voix,
Qui ne s'explique que des doits,
Et ne parle que par figure;
I'en ferois faire vn monument,
Aupres de qui ce Iugement
Si parfait que rien ne l'égale,
De l'auis des plus beaux eſprits,
Seroit plus propre à quelque ſale
De Vaugirard, que de Paris.

Et bien Langues iniurieuſes
Rebuts de la terre & du Ciel,
Reſte-t'il encore du fiel
Dans vos bouches contagieuſes?
Source d'abſinthe & de poiſon,
Souffrez enfin que la raiſon
Face auoüer à voſtre enuie,
Que ce Monarque eſt ſans pareil,
Et que vouloir blaſmer ſa vie,
C'eſt vouloir noircir le Soleil.

Sans mettre en conte ſon courage,
Ses vertueuſes actions
Sont-elles pas les Alcyons,
Qui nous ont ſauuez du naufrage?
La blancheur de ſa Chaſteté
Eſt nompareille en pureté,
Et depuis les viues lumieres
Dont les Aſtres ſont embellis
Iuſqu'à l'or qui vient aux minieres,
Rien n'eſt ſi pur que ce beau Lys.

Depuis que d'vne double chaine
L'Hymen a mis sa liberté
Au ioug d'vne chaste Beauté,
Il n'a des yeux que pour la Reyne:
Pour tout autre il est tout esprit,
Iamais aucun feu ne se prit
A ce Temple de Continence,
Et l'infection de la Cour
Gaste aussi peu sa conscience,
Que la fange gaste le iour.

Comme en ces montagnes infames,
Qui bruslent eternellement,
La neige auec étonnement
Se conserue au milieu des flames:
Ce miracle rauit les Cieux,
Le feu deuenu curieux
De voir cette belle Aduersaire,
Se depoüille de sa chaleur,
Et ne l'approche pour luy plaire,
Qu'auecque sa seule couleur.

De mesme l'Ange que ie loüe
Dans ce lieu de contagion
Se maintient sans corruption,
Comme vne perle dans la boüe:
Toutes ces Idoles de Cour
N'arrestent non plus son amour
Que ces ridicules nuages,
Sur qui Morphée & le Sommeil
Font tant de bizarres images,
Arrestent le cours du Soleil.

Il n'est pas de ces Magnifiques,
Qu'on voit porter sur leurs habits,
Soit en clinquans, soit en rubis,
Tous les monts des deux Ameriques :
Son grand cœur que rien n'amollit,
N'a rien de ces Poupins de lit,
De qui l'esprit n'est raisonnable,
Que pour aiuster un colet,
Et qui n'ont des mains qu'à la table,
Ny des pieds que dans un balet.

Loin, bien loin du Chasteau du Louure
Et de l'Empire des François
Ces phantosmes qui ne sont Roys,
Que par la pourpre qui les couure :
Il nous faut pour nous gouuerner
Des Roys, qui nous sçachent mener
Sur les mers ou troubles ou calmes,
Et qui de vertus ennoblis
Se soient faits des degrez de palmes
Pour monter au thrône des Lys.

Comment ceux-là peuuent-ils viure,
Qui n'oseroient voir d'ennemis,
Que par les yeux de leurs Commis,
Ny d'affaires que dans un liure :
De leurs Cours ils font leurs tombeaux,
Ils viuent comme les oyseaux
La teste tousiours dans la plume,
Leur mestier est l'oisiueté,
Et chaque repas leur consume
Le reuenu d'une Cité.

De vray l'éuentail & le masque
Viendroient mieux à ces braues Roys,
Que la picque ny le pauois,
Et l'Apretador que le casque:
Aussi toutes leurs factions
Se font dans les collations
Sur des tours d'ambre & de gelée;
Et iamais ils ne sont vaillans,
Si ce n'est dedans la meslée
Des Tourtres & des Ortolans.

Separé de ces lâches Princes,
Autant par ses rares vertus,
Que par les espaces perdus
De cent Mers & de cent Prouinces;
Mon Roy braue & victorieux
N'a rien que de laborieux;
Il se délasse à la barriere,
La chasse luy sert de sommeil,
Son Cours se fait à la Carriere,
Et son Cercle dans le Conseil.

C'est assez immortelle Fee,
Je renonce à ce bel employ,
Si ie n'ay pour loüer mon Roy
L'esprit & la voix d'vn Orfée;
Car de chanter plus dans mes vers
Ce miracle de l'Vniuers,
C'est vouloir auec de la terre
Donner du lustre au diamant,
Et dans vne boule de verre
Ramasser tout le Firmament.

Non belle non, ie me rauiſe,
Cette foibleſſe me remord,
Ie fay vœu que iuſqu'à la mort
Ie pourſuiuray mon entrepriſe :
Mon Roy m'écoutera parler,
Quoy que ie ne puiſſe égaler
La grandeur de ſa Renommée,
Puis que meſme les Immortels
Se contentent de la fumée
De ce qu'on offre à leurs autels.

Et puis ie ſçay qu'outre le Gange,
Et les Fleuues qui portent l'or,
La Mer reçoit en ſon threſor
Ceux qui n'ont rien que de la fange :
Je ſçay que le Louure & Limours
Ont auſſi bien leurs baſſes-cours,
Que leurs fameuſes galleries,
Et qu'outre la roſe & l'œillet
On laiſſe croiſtre aux Tuilleries
La lauande & le ſerpoulet.

A V · R O Y,

SVR SON VOYAGE DE PIEDMONT
DE L'AN M. DC. XXX.

O D E.

PVISQVE *tu vois cét Infidelle,*
Contre ce qu'il t'auoit promis,
Se ioindre auec tes ennemis,
Va, mon PRINCE, *où l'honneur t'appelle,*
Va deſſus ces Monts ſourcilleux
Punir cét Eſprit orgueilleux,
Rends tous ſes efforts inutiles;
Et monſtre par tes faits guerriers,
Qu'il n'eſt point de lieux ſi ſteriles
Où tu ne cueilles des Lauriers.

Quoy que ce Geant ſe propoſe,
Quoy que l'Eſpagne, & l'Empereur
Picquez d'vne meſme fureur,
Souſtiennent vne meſme cauſe;
D'vn iuſte courroux animé
Vange l'Innocent opprimé,
Dont on rauage les campagnes;
Et ſans differer plus long temps,
Enſeuely dans leurs montagnes
L'orgueil de ces nouueaux Titans.

Ayant surmonté l'Angleterre,
Et brisé ce Roc endurcy,
Qui d'vn audacieux soucy
Brauoit le reste de la terre;
Mon PRINCE tu dois esperer
De voir tes desseins prosperer
Contre les partisans du Tage;
S'ils ont beaucoup de vanité,
Le Ciel t'a pourueu d'vn courage
Plus grand que leur temerité.

Il n'est point de place si forte
Que tu ne sois encor plus fort,
Et qu'apres tant soit peu d'effort
Ta vaillance enfin ne l'emporte:
Contre toy tout pouuoir est vain,
Tout succombe aux coups de ta main,
Tu destruis qui te veut abbattre;
Et ton bon-heur est si parfaict,
Qu'en toy surmonter & combattre
Ne fut iamais qu'vn mesme effect.

Aussi considerant le monde,
Et tout ce qu'il a de grandeur,
Ie n'ay point veu dans sa rondeur
Vn seul Prince qui te seconde:
Les Alexandres, les Cesars,
Qui tenterent tant de hasars,
Ne furent iamais si celebres;
Ta vertu surpasse la leur,
Et leurs faits ne sont que tenebres
Deuant l'esclat de ta Valeur.

Va

PALMAE REGIAE

INVICTISSIMO LVDOVICO XIII.

REGI CHRISTIANISSIMO

A PRÆCIPVIS NOSTRI ÆVI POETIS
in trophæum erectæ.

PARISIIS,

Apud SEBASTIANVM CRAMOISY Typographum
Regium, via Iacobæâ, sub Ciconiis.

M. DC. XXXIV.

CVM PRIVILEGIO REGIS.